D1858372

Dieses Taschenbuch enthält in englisch-deutschem Paralleldruck acht Kurzgeschichten der modernen britischen Literatur. Alle sind nach dem Zweiten Weltkrieg geschrieben worden und haben Gegenstände des heutigen England zum Thema – kleine und größere Probleme, private und gesellschaftliche, Probleme der Jugend und solche des Alters. Literarisch spannt sich der Bogen vom freundlichen Sketch bis zur bitteren kritischen Satire.

dtv zweisprachig · Edition Langewiesche-Brandt

ENGLISH SHORT STORIES

ENGLISCHE KURZGESCHICHTEN

Auswahl und Übersetzung von Theo Schumacher

Deutscher Taschenbuch Verlag

Mai 1984
Copyright-Einzelnachweise auf den Seiten 177 und 178.
Umschlaggestaltung: Celestino Piatti
Gesamtherstellung: Kösel, Kempten
ISBN 3-423-09206-8. Printed in Germany

"He is the young man she met on the aeroplane," Mrs Carteret said. "Now go to sleep."

Outside the bedroom window, in full moonlight, the leaves of the willow tree seemed to be slowly swimming in delicate but ordered separation, like shoals of grey-green fish. The thin branches were like bowed rods in the white summer sky.

"This is the first I heard that there was a young man on the aeroplane," Mr Carteret said.

"You saw him," Mrs Carteret said. "He was there when we met her. You saw him come with her through the customs."

"I can't remember seeing her with anybody."

"I know very well you do because you remarked on his hat. You said what a nice colour it was. It was a sort of sage-green one with a turn-down brim –"

"Good God," Mr Carteret said. "That fellow? He looked forty or more. He was as old as I am."

6 "He's twenty-eight. That's all. Have you made
7 up your mind which side you're going to sleep?"

H. E. Bates: Die schönste Rose

«Er ist der junge Mann, den sie im Flugzeug kennengelernt hat», sagte Frau Carteret. «Aber jetzt schlaf endlich!»

Draußen vor dem Schlafzimmerfenster, im Licht des Vollmondes, schienen die Blätter der Weide langsam dahinzuschwimmen, zierlich und säuberlich voneinander gesondert wie Schwärme graugrüner Fische. Die dünnen Zweige ragten in den hellen Sommernachthimmel wie gebogene Angelruten.

«Das ist das erste, was ich von einem jungen Mann im Flugzeug höre», sagte Herr Carteret.

«Du hast ihn doch selbst gesehen», antwortete Frau Carteret. «Er war da, als wir sie abholten. Du hast ihn mit ihr durch den Zoll kommen sehen.»

«Ich erinnere mich nicht, einen mit ihr gesehen zu haben.»

«Aber natürlich, du hast sogar noch eine Bemerkung über seinen Hut gemacht. Du sagtest, was für eine hübsche Farbe der habe. So ähnlich wie salbeigrün, und mit einem heruntergebogenen Rand...»

«Um Gottes willen», sagte Herr Carteret. «Dieser Kerl? Er sah aus wie vierzig oder noch älter. Er war so alt wie ich.»

«Er ist achtundzwanzig, das ist alles. Hast du dich nun endlich entschlossen, auf welcher Seite du schlafen willst?»

"I'm going to stay on my back for a while," Mr Carteret said. "I can't get off. I heard it strike three a long time ago."

"You'd get off if you'd lie still," she said.

Sometimes a turn of humid air, like the gentlest of currents, would move the entire willow tree in one huge soft fold of shimmering leaves. Whenever it did so Mr Carteret felt for a second or two that it was the sound of an approaching car. Then when the breath of wind suddenly changed direction and ran across the night landscape in a series of leafy echoes, stirring odd trees far away, he knew always that there was no car and that it was only, once again, the quiet long gasp of midsummer rising and falling and dying away.

"Where are you fussing off to now?" Mrs Carteret said.

"I'm going down for a drink of water."

"You'd better by half shut your eyes and lie still in one place," Mrs Carteret said. "Haven't you been off at all?"

"I can never sleep in moonlight," he said. "I don't know how it is. I never seem to settle properly. Besides, it's too hot."

"Put something on your feet," Mrs Carteret said, "for goodness' sake."

Across the landing, on the stairs and down in the kitchen the moonlight had the white starkness

«Ich werde eine Weile auf dem Rücken liegen», antwortete Herr Carteret. «Ich kann nicht einschlafen. Es ist schon lange her, seit es drei Uhr geschlagen hat.»

«Du könntest einschlafen, wenn du nur still liegen würdest», sagte sie.

Manchmal umspielte ein plötzlich umspringender feuchter Wind gleich einem überaus sanften Luftstrom die ganze Weidenkrone in einer weiten, zärtlichen Umarmung schimmernder Blätter. Wenn das geschah, glaubte Herr Carteret einen Augenblick lang das Geräusch eines sich nähernden Autos zu hören. Wenn dann der Windhauch sich plötzlich drehend über das nächtliche Land fuhr und einsam stehende Bäume in der Ferne wie ein Echo nacheinander aufrauschten, dann wußte er, daß es kein Auto war, sondern nur wieder das ruhige, langsame Atmen des Hochsommers, das anschwoll, abklang und verstummte.

«Was geisterst du jetzt schon wieder herum?» fragte Frau Carteret.

«Ich gehe nur hinunter und trinke ein Glas Wasser.»

«Du würdest gescheiter die Augen zumachen und dich schön ruhig verhalten», sagte Frau Carteret. «Bist du denn überhaupt noch nicht eingeschlafen?»

«Ich kann bei Mondlicht nie schlafen», sagte er. «Ich weiß nicht, wieso, aber ich komme einfach nicht zur Ruhe. Außerdem ist es zu heiß.»

«Zieh dir doch wenigstens etwas an die Füße!» sagte Frau Carteret.

Über den Treppenabsatz, auf die Stiege und unten in die Küche strahlte das Mondlicht grellweiß wie ein schatten-

of a shadowless glare. The kitchen floor was warm to his bare feet and the water warmish as it came from the tap. He filled a glass twice and then emptied it into the sink and then filled it again before it was cold enough to drink. He had not put on his slippers because he could not remember where he had left them. He had been too busy thinking of Sue. Now he suddenly remembered that they were still where he had dropped them, in the coal-scuttle by the side of the stove.

After he had put them on he opened the kitchen door and stepped outside and stood in the garden. Distinctly, with astonishingly pure clearness, he could see the colours of all the roses, even those of the darkest red. He could even distinguish the yellow from the white and not only in the still standing blooms but in all the fallen petals, thick everywhere on dry earth after the heat of the July day.

He walked until he stood in the centre of the lawn. For a time he could not discover a single star in the sky. The moon was like a solid opaque electric bulb, the glare of it almost cruel, he thought, as it poured down on the green darkness of summer trees.

Presently the wind made its quickening watery turn of sound among the leaves of the willow and
10 ran away over the nightscape, and again he thought
11 it was the sound of a car. He felt the breeze move

loser Lichtkegel. Der Küchenboden fühlte sich unter seinen nackten Sohlen warm an, und das Wasser floß lau aus dem Leitungshahn. Zweimal füllte er ein Glas und leerte es in den Ausguß, bis beim dritten Mal das Wasser kalt genug zum Trinken war. Er hatte seine Hausschuhe nicht angezogen, weil er sich nicht erinnern konnte, wo er sie gelassen hatte. Er war zu sehr in Gedanken bei Sue gewesen. Jetzt fiel ihm plötzlich ein, daß sie noch immer da sein mußten, wo er sie abgestreift hatte, im Kohleneimer neben dem Herd.

Mit den Pantoffeln an den Füßen öffnete er die Küchentür und trat hinaus in den Garten. Deutlich, in erstaunlicher Reinheit und Klarheit, konnte er die Farben aller Rosen sehen, auch die der ganz dunkelroten. Er konnte sogar die gelben Rosen von den weißen unterscheiden, und das nicht nur bei den noch unversehrten Blüten, sondern auch bei den abgefallenen Blütenblättern, die nach der Hitze des Julitages überall dick auf der trockenen Erde lagen.

Er ging weiter, bis er in der Mitte des Rasens stand. Eine ganze Weile konnte er keinen einzigen Stern am Himmel entdecken. Der Mond war wie eine starke, matte Glühbirne, sein Glanz erschien ihm geradezu grausam, wie er sich so über das grüne Dunkel der sommerlichen Bäume ergoß.

Auf einmal blies der Wind erneut aufrauschend in das Laub der Weide, um gleich darauf wieder über die nächtlichen Fluren hinwegzujagen, und wieder glaubte er, das Geräusch eines Autos zu hören. Er spürte den Luftzug kühl,

coolly, almost coldly, about his pyjama legs and he ran his fingers in agitation once or twice through the pillow tangles of his hair.

Suddenly he felt helpless and miserable.

"Sue," he said. "For God's sake where on earth have you got to? Susie, Susie – this isn't like you."

His pet term for her, Susie. In the normal way, Sue. Perhaps in rare moments of exasperation, Susan. He had called her Susie a great deal on her nineteenth birthday, three weeks before, before she had flown to Switzerland for her holiday. Everyone thought, that day, how much she had grown, how firm and full she was getting, and how wonderful it was that she was flying off alone. He only thought she looked more delicate and girlish than ever, quite thin and childish in the face in spite of her lipstick, and he was surprised to see her drinking what he thought were too many glasses of sherry. Nor, in contrast to himself, did she seem a bit nervous about the plane.

Over towards the town a clock struck chimes for a half hour and almost simultaneously he heard the sound of a car. There was no mistaking it this time. He could see the swing of its headlights too as it made the big bend by the packing station down the road, a quarter of a mile away.

12 "And quite time too, young lady," he thought.
13 He felt sharply vexed, not miserable any more.

beinahe kalt um seine Pyjamabeine wehen und fuhr sich mit den Fingern ein- oder zweimal nervös durch seine vom Liegen verfransten Haare.

Plötzlich fühlte er sich hilflos und elend.

«Sue», sagte er, «wo steckst du denn in Gottes Namen? Susie, Susie, ... das sieht dir doch gar nicht ähnlich.»

Susie, das war der Kosename, den er ihr gab, während er sie gewöhnlich Sue und vielleicht, in einem seltenen Augenblick der Verstimmung, auch einmal Susan nannte. Erst vor drei Wochen, an ihrem neunzehnten Geburtstag, war sie für ihn Susie hier und Susie da gewesen, bevor sie auf Ferien in die Schweiz abgeflogen war. Alle Leute hatten an diesem Tag davon gesprochen, wie sehr sie gewachsen war, wie fest und voll sie wurde, wie prächtig es war, daß sie ganz allein mit dem Flugzeug verreiste. Nur ihm war sie zarter und mädchenhafter denn je vorgekommen, ganz schmal und kindlich im Gesicht trotz ihres Lippenstiftes, und es war ihm aufgefallen, wie viele Gläser Sherry, eigentlich viel zu viele, sie getrunken hatte. Im Gegensatz zu ihm hatte sie auch nicht die geringste Unruhe wegen des bevorstehenden Fluges gezeigt.

Von der Stadt herüber schlug eine Turmuhr die halbe Stunde, und fast gleichzeitig vernahm er das Geräusch eines Autos. Diesmal war es unverkennbar. Dann sah er auch schon, wie unten beim Verladebahnhof, eine Viertelmeile entfernt, die Scheinwerfer um die große Kurve schwenkten.

«Es wird ja auch langsam Zeit, junge Dame», dachte er bei sich. Hatte er sich soeben noch elend gefühlt, so empfand er

He could hear the car coming fast. It was so fast that he began to run back to the house across the lawn. He wanted to be back in bed before she arrived and saw him there. He did not want to be caught like that. His pyjama legs were several inches too long and were wet with the dew of the grass and he held them up, like skirts, as he ran.

What a damn ridiculous situation, he thought. What fools children could make you look sometimes. Just about as exasperating as they could be.

At the kitchen door one of his slippers dropped off and as he stopped to pick it up and listen again for the sound of the car he discovered that now there was no sound. The headlights too had disappeared. Once again there was nothing at all but the enormous noiseless glare, the small folding echoes of wind dying away.

"Damn it, we always walked home from dances," he thought. "That was part of the fun."

Suddenly he felt cold. He found himself remembering with fear the long bend by the packing station. There was no decent camber on it and if you took it the slightest bit too fast you couldn't make it. Every week there were accidents there. And God, anyway what did he know about this fellow? He might be the sort who went round making pick-ups. A married man or something.
14 Anybody. A crook.
15 All of a sudden he had a terrible premonition

jetzt heftigen Ärger. Er hörte das Auto schnell herankommen. Es ging so rasch, daß er quer über den Rasen zum Haus zu laufen begann. Er wollte im Bett sein, ehe sie ankommen und ihn hier sehen würde. So durfte er sich nicht erwischen lassen. Seine Pyjamabeine waren um etliche Zentimeter zu lang und vom Tau des Grases durchnäßt, so daß er sie beim Laufen wie Röcke gerafft hielt.

Eine verdammt lächerliche Lage, dachte er bei sich. Was für einen Hanswurst doch Kinder manchmal aus einem machen, unausstehlich wie sie sein können.

An der Küchentür fiel ihm einer der Pantoffeln vom Fuß, und als er stehenblieb, um ihn aufzuheben und nochmal nach dem Auto zu horchen, bemerkte er, daß kein Laut mehr zu hören war. Auch die Scheinwerfer waren verschwunden. Nichts war geblieben außer dem grellen, stummen Glanz und dem leise aufrauschenden Echo des verebbenden Windes.

«Zum Kuckuck, zu unserer Zeit ging man zu Fuß nach dem Tanzen heim. Das gehörte mit zum Spaß.»

Plötzlich überlief es ihn kalt. Voller Angst erinnerte er sich an die lange Kurve beim Verladebahnhof. Sie war nicht ordentlich überhöht, und wenn man sie nur um eine Idee zu schnell nahm, schaffte man sie nicht mehr. Jede Woche passierten dort Unfälle. Und, um alles in der Welt, was wußte er überhaupt von diesem Kerl? Vielleicht war er einer von der Sorte, die auf flüchtige Abenteuer aus sind. Ein verheirateter Mann oder so was. Weiß Gott wer. Ein Lump.

Eine schreckliche Vorahnung stürmte auf ihn ein, genau

about it all. It was exactly the sort of feeling he had had when he saw her enter the plane, and again when the plane lifted into sky. There was an awful sense of doom about it: he felt sure she was not coming back. Now he felt in some curious way that his blood was separating itself into single drops. The drops were freezing and dropping with infinite systematic deadliness through the veins, breeding cold terror inside him. Somehow he knew that there had been a crash.

He was not really aware of running down through the rose-garden to the gate. He simply found himself somehow striding up and down in the road outside, tying his pyjama cord tighter in agitation.

My God, he thought, how easy the thing could happen. A girl travelled by plane or train or even bus or something and before you knew where you were it was the beginning of something ghastly.

He began to walk up the road, feeling the cold precipitation of blood take drops of terror down to his legs and feet. A pale yellow suffusion of the lower sky struck into him the astonishing fact that it was almost day. He could hardly believe it and he broke miserably into a run.

Only a few moments later, a hundred yards away, he had the curious impression that from
16 the roadside a pair of yellow eyes were staring
17 back at him. He saw then that they were the lights

so ein Gefühl wie er es damals hatte, als er Susie im Flugzeug verschwinden sah, und dann wieder, als sich die Maschine in den Himmel erhob. Das furchtbare Gefühl eines sicheren Verhängnisses hatte ihn damals befallen, und er hatte deutlich gespürt, daß sie nie mehr zurückkommen würde. Jetzt war ihm so seltsam zumute, als gerinne sein Blut zu einzelnen Tropfen. Die Tropfen wurden zu Eis, sickerten nach einem unfehlbar tödlichen Plan durch seine Adern und ließen kaltes Entsetzen auf ihren Spuren. Irgendwie wußte er, daß ein Unfall passiert war.

Ohne recht zu wissen, was er tat, rannte er durch den Rosengarten zum Tor hinunter. Er fand erst wieder zu sich, als er draußen auf der Straße ziellos auf und ab lief und dabei mit nervösen Fingern das Band seiner Pyjamahose enger zog.

Mein Gott, dachte er, wie leicht doch etwas passieren konnte. Da reiste ein Mädchen mit dem Flugzeug oder Zug, vielleicht auch nur mit dem Autobus oder dergleichen, und ehe man sich's versah, nahm das Unheil seinen Lauf.

Er begann, die Straße entlang zu gehen, während ihm der eisige Blutstrom Tropfen um Tropfen des Entsetzens in Beine und Füße hinuntertrug. Eine zartgelbe Tönung des Horizonts stellte ihn vor die überraschende Tatsache, daß es fast schon Tag war. Er konnte es kaum glauben und setzte sich verzweifelt in Trab.

Kurze Zeit darauf, nach etwa hundert Metern, hatte er den merkwürdigen Eindruck, daß ihn vom Straßenrand her ein Paar gelbe Augen anstarrten. Dann sah er, daß es die Scheinwerfer eines geparkten Wagens waren. Er wußte

of a stationary car. He did not know what to do about it. He could not very well go up to it and tap on the window and say, in tones of stern fatherhood, "Is my daughter in there? Susan, come home." There was always the chance that it would turn out to be someone else's daughter. It was always possible that it would turn out to be a daughter who liked what she was doing and strongly resented being interrupted in it by a prying middle-aged stranger in pyjamas.

He stopped and saw the lip of daylight widening and deepening its yellow on the horizon. It suddenly filled him with the sobering thought that he ought to stop being a damn fool and pull himself together.

"Stop acting like a nursemaid," he said. "Go home and get into bed. Don't you trust her?" It was always when you didn't trust them, he told himself, that trouble really began. That was when you asked for it. It was a poor thing if you didn't trust them.

"Go home and get into bed, you poor sap," he said. "Your never fussed this much even when she was little."

He had no sooner turned to go back than he heard the engine of the car starting. He looked round and saw the lights coming towards him
18 down the road. Suddenly he felt more foolish than
19 ever and there was no time for him to do any-

nicht, wie er sich verhalten sollte. Er konnte ja nicht gut hingehen, an das Fenster klopfen und mit strenger Vaterstimme sagen: «Ist da drinnen meine Tochter? Susan, komm nach Haus!» Es konnte sich immerhin um anderer Leute Tochter handeln. Und womöglich entpuppte sie sich als eine Tochter, der das, was sie trieb, Spaß machte, und die es gehörig übelnehmen würde, dabei von einem neugierigen Fremden in mittleren Jahren und Pyjamas gestört zu werden.

Er blieb stehen, während der Dämmerstreifen am Horizont sich verbreiterte und ein immer tieferes Gelb annahm. Dieser Anblick wirkte ernüchternd, und er sah ein, daß er sich genug lächerlich gemacht hatte und sich nun zusammennehmen mußte.

«Hör doch auf, dich wie ein Kindermädchen zu benehmen!» sagte er vor sich hin. «Geh heim und leg dich ins Bett! Hast du denn kein Vertrauen zu ihr?» Es war doch immer so, erinnerte er sich, wenn man ihnen nicht mehr traute, dann fing das Unheil erst an. Damit beschwor man es förmlich herauf. Es war ein schlechtes Zeichen, wenn man ihnen nicht traute.

«Geh heim und leg dich ins Bett, du armer Trottel», sagte er. «So ein Theater hast du noch nie gemacht, nicht einmal, als sie noch klein war.»

Er hatte kaum kehrtgemacht, als er den Motor des Wagens anspringen hörte. Er blickte sich um und sah die Scheinwerfer die Straße entlang auf sich zukommen. Mit einemmal kam er sich alberner vor als je, zumal er zu nichts anderem mehr Zeit fand, als sich eilig durch eine

thing but press himself quickly through a gap in the hedge by the roadside. The hedge was not very tall at that point and he found himself crouching down in a damp jungle of cow parsley and grass and nettle that wetted his pyjamas as high as the chest and shoulders. By this time the light in the sky had grown quite golden and all the colours of day were becoming distinct again and he caught the smell of honeysuckle rising from the dewiness of the hedge.

He lifted his head a second or so too late as the car went past him. He could not see whether Susie was in it or not and he was in a state of fresh exasperation as he followed it down the road. He was uncomfortable because the whole of his pyjamas were sopping with dew and he knew that now he would have to change and get himself a good rub-down before he got back into bed.

"God, what awful fools they make you look," he thought, and then, a second later, "hell, it might not be her. Oh! hell, supposing it isn't her?"

Wretchedly he felt his legs go weak and cold again. He forgot the dew on his chest and shoulders as the slow freezing precipitation of his blood began. From somewhere the wrenching thought of a hospital made him feel quite faint with a nausea that he could not fight away.

20 "Oh! Susie, for Jesus' sake don't do this any
21 more to us. Don't do it any more –"

Lücke zu zwängen, die ihm die Hecke am Straßenrand bot. Die Hecke war an dieser Stelle nicht sehr hoch, und er mußte sich in ein feuchtes Gestrüpp von Kerbelkraut, Gras und Brennesseln niederkauern, das seinen Schlafanzug bis über die Brust und die Schultern hinauf durchnäßte. Inzwischen war die Helligkeit am Himmel ganz golden geworden, und alle Farben des Tages ließen sich allmählich immer deutlicher unterscheiden, während ihm aus der taufeuchten Hecke der Duft von Geißblatt in die Nase stieg.

Er hob seinen Kopf vielleicht eine Sekunde zu spät, als der Wagen an ihm vorbeifuhr. So konnte er nicht sehen, ob Susie darin saß oder nicht, und aufs neue ergrimmt begann er hinter dem Auto herzulaufen. Es war ihm unbehaglich, da sein ganzer Schlafanzug vom Tau tropfnaß war und er sich vor dem Zubettgehen nun wohl oder übel umziehen und tüchtig abfrottieren mußte.

«Mein Gott, wie sie einen zum Narren machen können», ging es ihm durch den Kopf, doch fast im selben Augenblick durchzuckte ihn der Gedanke: «Verflucht, vielleicht ist sie es gar nicht. Oh verflucht, wenn sie es nun nicht ist?»

Ins Elend zurückgestoßen, spürte er seine Beine wieder schwach und kalt werden. Er vergaß den Tau auf Brust und Schultern, während langsam, eisig sein Blut in Gang kam. Von irgendwoher überfiel ihn der peinigende Gedanke an ein Krankenhaus, und es wurde ihm ganz schwach von dem Gefühl eines Ekels, den er nicht abschütteln konnte.

«Oh Susie, tu uns das um Gotteswillen nicht mehr an! Tu es uns nie wieder an...»

Then he was aware that the car had stopped by the gates of the house. He was made aware of it because suddenly, in the fuller dawn, the red rear light went out.

A second or two later he saw Susie. She was in her long heliotrope evening dress and she was holding it up at the skirt, in her delicate fashion, with both hands. Even from that distance he could see how pretty she was. The air too was so still in the birdless summer morning silence that he heard her distinctly, in her nice fluty voice, so girlish and friendly, call out:

"Good-bye. Yes: lovely. Thank you."

The only thing now, he thought, was not to be seen. He had to keep out of sight. He found himself scheming to get in by the side gate. Then he could slip up to the bathroom and get clean pyjamas and perhaps even a shower.

Only a moment later he saw that the car had already turned and was coming back towards him up the road. This time there was no chance to hide and all he could do was to step into the verge to let it go past him. For a few wretched seconds he stood there as if naked in full daylight, trying with nonchalance to look the other way.

In consternation he heard the car pull up a dozen yards beyond him and then a voice called:

22 "Oh! sir. Pardon me. Are you Mr Carteret, sir?"

23 "Yes," he said.

Da bemerkte er, daß der Wagen vor dem Haustor angehalten hatte. Er konnte es daran sehen, daß plötzlich, in dem zunehmenden Morgengrauen, die roten Rücklichter erloschen.

Einen Augenblick später sah er Susie. Sie trug ihr langes, sonnenblumengelbes Abendkleid, dessen Rock sie in ihrer anmutigen Art mit beiden Händen hochhielt. Sogar aus dieser Entfernung konnte er sehen, wie hübsch sie war. Die Luft zu dieser selbst den Vögeln noch zu frühen Morgenstunde war so still, daß er deutlich ihre niedliche Stimme, so mädchenhaft und freundlich, flöten hörte:

«Auf Wiedersehen. Ja, es war reizend. Vielen Dank.»

Das einzige, worauf es jetzt ankam, war, sich nicht blikken zu lassen. Er mußte unbemerkt bleiben. Er dachte sich einen Plan aus, wie er sich durch die Seitentür Einlaß verschaffen könnte. Dann würde er ins Badezimmer hinaufschleichen und damit zu einem frischen Schlafanzug und vielleicht sogar zu einer Dusche kommen.

Doch da sah er auch schon, daß das Auto gewendet hatte und ihm entgegenfuhr. Diesmal gab es kein Verstecken, und es blieb ihm nur eines: an den Straßenrand zu treten und es vorbeifahren zu lassen. Ein paar erbärmliche Sekunden stand er da, wie nackt dem hellen Tage preisgegeben, und versuchte, lässig in die entgegengesetzte Richtung zu blicken.

Voller Bestürzung hörte er, wie der Wagen etwa zehn Meter hinter ihm anhielt und eine Stimme rief:

«Verzeihung, Sir, sind Sie vielleicht Herr Carteret, Sir?»

«Ja», sagte er.

There was nothing for it now, he thought, but to go back and find out exactly who the damn fellow was.

"Yes, I'm Carteret," he said and he tried to put into his voice what he thought was a detached, unstuffy, coolish sort of dignity.

"Oh! I'm Bill Jordan, sir." The young man had fair, smooth-brushed hair that looked extremely youthful against the black of his dinner jacket. "I'm sorry we're so late. I hope you haven't been worried about Susie?"

"Oh! no. Good God, no."

"It was my mother's fault. She kept us."

"I thought you'd been dancing?"

"Oh! no, sir. Dinner with my mother. We did dance a few minutes on the lawn but then we played canasta till three. My mother's one of those canasta fanatics. It's mostly her fault I'm afraid."

"Oh! that's all right. So long as you had a good time."

"Oh! we had a marvellous time, sir. It was just that I thought you might be worried about Susie–"

"Oh! great heavens, no."

"That's fine, then, sir." The young man had given several swift looks at the damp pyjamas and now he gave another and said: "It's been a won-
 derfully warm night, hasn't it?"

 "Awfully close. I couldn't sleep."

Es blieb ihm wohl nichts übrig, dachte er bei sich, als zurückzugehen und sich den verflixten Kerl näher anzusehen.

«Ja, mein Name ist Carteret», sagte er und versuchte, so etwas wie unbefangene, kühl-gelassene Würde in seine Stimme einfließen zu lassen.

«Oh! Ich heiße Bill Jordan, Sir.» Der junge Mann hatte blondes, glattgebürstetes Haar, das zum Schwarz seines Smokings äußerst jugendlich wirkte. «Es tut mir leid, daß wir uns so verspätet haben. Hoffentlich haben Sie sich um Susie keine Sorgen gemacht.»

«Oh, nein, lieber Gott, keineswegs!»

«Meine Mutter ist schuld. Sie ließ uns nicht gehen.»

«Ich dachte, Sie wären tanzen gewesen.»

«Oh, nein, Sir. Wir waren zum Abendessen bei meiner Mutter. Wir tanzten zwar ein paar Minuten auf dem Rasen, aber dann haben wir bis drei Uhr Canasta gespielt. Meine Mutter ist nämlich auch so eine leidenschaftliche Canastaanhängerin. Sie ist eigentlich die Hauptschuldige.»

«Na, das macht doch nichts. Hauptsache, Sie haben sich gut unterhalten.»

«Oh, wir haben uns prächtig unterhalten, Sir. Ich habe nur gedacht, daß Sie sich um Susie ängstigen könnten...»

«Ach du lieber Himmel, nein!»

«Dann bin ich beruhigt, Sir.» Der junge Mann hatte den feuchten Pyjama mehrmals mit flüchtigen Blicken gestreift und fügte mit einem erneuten Blick darauf hinzu: «Es war eine wunderbar warme Nacht, nicht wahr?»

«Furchtbar schwül, ich konnte nicht schlafen.»

"Sleep–that reminds me." He laughed with friendly, expansive well-kept teeth that made him look more youthful than ever and more handsome. "I'd better get home or it'll be breakfast-time. Good night, sir."

"Good night."

The car began to move away. The young man lifted one hand in farewell and Carteret called after him:

"You must come over and have dinner with us one evening–"

"Love to. Thank you very much, sir. Good night."

Carteret walked down the road. Very touching, the sir business. Very illuminating and nice. Very typical. It was touches like that which counted. In relief he felt a sensation of extraordinary self-satisfaction.

When he reached the garden gate the daylight was so strong that it showed with wonderful freshness all the roses that had unfolded in the night. There was one particularly beautiful crimson one, very dark, almost black, that he thought for a moment of picking and taking upstairs to his wife. But finally he decided against it and left it where it grew.

By that time the moon was fading and everywhere the birds were taking over the sky.

«Weil Sie gerade vom Schlafen sprechen – das bringt mich auf einen Gedanken.» Sein liebenswürdiges, breites Lachen mit den prächtig gepflegten Zähnen machte ihn noch jünger und hübscher. «Ich fahre lieber nach Hause, sonst ist schon gleich Zeit zum Frühstücken. Gute Nacht, Sir.»

«Gute Nacht.»

Das Auto fuhr ab. Der junge Mann hob die Hand zum Abschiedsgruß, während Carteret hinter ihm herrief:

«Sie müssen einmal zum Abendessen zu uns kommen...»

«Oh ja, sehr gern. Recht herzlichen Dank, Sir. Gute Nacht.»

Carteret ging die Straße zurück. Rührend anzuhören, der Junge mit seinem dauernden «Sir». Sehr aufschlußreich und sympathisch. Überaus bezeichnend. Ein netter Zug, einer von denen, die letzten Endes zählen. Erleichtert genoß er das Gefühl einer außerordentlichen Selbstzufriedenheit.

Als er das Gartentor erreichte, war der Tag so hell, daß man in herrlicher Frische alle Rosen erkennen konnte, die über Nacht erblüht waren. Eine unter ihnen war besonders schön, karmesinrot, sehr dunkel, fast schwarz, und er dachte einen Augenblick daran, sie zu pflücken und seiner Frau hinaufzubringen. Aber dann entschied er sich dagegen und ließ sie weiter blühen.

Inzwischen verblaßte langsam der Mond, und die Vögel bemächtigten sich des Himmels.

He came away from the stage after the final curtain, and went along to his dressing-room humming a tune to himself, thinking of nothing. The girl followed close behind, patting the lock of hair that had fallen over her face.

"You smudged your eye-black when you cried this afternoon," she told him, "it came off in streaks down the side of my neck–look how filthy it is. I suppose you must cry?"

"I don't know, I've never thought about it before," he said. "I'll try something else tonight. We might alter the whole of the last act. What about wearing a beard? I'm sure one could give an entirely different performance in a beard." He turned to the looking-glass in his room, and squinted sideways at his profile.

"I should hate you in a beard," she said, feeling his chin. "It would make you all heavy and middle-aged. Darling, promise me never to wear one?"

He picked up a hand-mirror and viewed himself
28 from another angle. "I'm not so sure," he said
29 doubtfully, and then called over his shoulder to his

Daphne Du Maurier: Ein begnadeter Schauspieler

Er trat nach dem letzten Vorhang hinter die Bühne und schlenderte, leise vor sich hinsummend und an nichts mehr denkend, zu seiner Garderobe. Seine jugendliche Partnerin strich sich eine Haarlocke aus dem Gesicht und folgte ihm auf dem Fuße.

«Dir ist beim Weinen heute wieder die Augenschminke zerlaufen», sagte sie zu ihm. «Sie troff mir in Strömen auf den Hals – hier, wie schmuddelig es sich anfühlt! Müssen es unbedingt echte Tränen sein?»

«Ich weiß nicht, ich habe nie darüber nachgedacht», sagte er. «Aber ich will heute in der Abendvorstellung etwas anderes ausprobieren. Wir könnten den ganzen letzten Akt ummodeln. Wie wäre es, wenn ich einen Bart trüge? Sicher könnte man mit einem Bart alles ganz anders interpretieren.» In seiner Garderobe angelangt, wandte er sich dem Spiegel zu und schielte zur Seite nach seinem Profil.

«Ich könnte dich nicht ausstehen mit einem Bart», sagte sie und tätschelte sein Kinn. «Er würde dich nur plump und alt machen. Liebling, trag keinen! Versprich es mir!»

Er ergriff einen Handspiegel und betrachtete sich aus einem anderen Gesichtswinkel. «Ich bin mir nicht so sicher», sagte er unschlüssig; dann rief er über die Schulter seinem

dresser, "Monkton, what about a beard for the last act?"

The man coughed politely behind his hand. "Well, sir, it's hardly for me to say, but I scarcely think it would be suitable. Not for this type of part, sir."

"P'raps you're right. Why is it I'm never allowed to do as I like–Oi, where are you going?"

She turned to him from the doorway. "Upstairs to change. Have you got the car outside?"

"Yes–want throwing out anywhere?"

"Take me back to the flat like an angel, unless you've got millions of people to see. I can easily find a bus . . ."

"Don't be a mug, of course I'll drive you anywhere. Buck up and get your things on. Monkton, there's nobody waiting, is there?" He began taking off his coat.

"One minute, sir, excuse me, but I believe there's a lady wishes to see you. Here is her card, but she said you wouldn't know the card, sir. I said I knew you generally liked to get away quickly matinée days, and she seemed disappointed. Said she'd wait in case you could spare her a few minutes."

"Give me the card." He frowned over it, twisting it in his fingers. "Mrs John Pearce–conveys nothing to me. What's she like, Monkton?"

"Well, sir–it's rather difficult to describe. A middle-aged lady, I should say, white hair, tall–

Garderobier zu: «Monkton, was halten Sie von einem Bart für den letzten Akt?»

Der Mann hüstelte höflich hinter vorgehaltener Hand. «Nun, Sir, es steht mir wohl kein Urteil zu, aber ich glaube kaum, daß er passen würde. Nicht für eine solche Rolle, Sir.»

«Vielleicht haben Sie recht. Warum darf ich nie wie ich gern möchte? – Heh, Mädchen, wo willst du hin?»

Sie drehte sich in der Türöffnung nach ihm um. «Nach oben, mich umziehen. Hast du den Wagen auf der Straße?»

«Ja. Soll ich dich irgendwo absetzen?»

«Sei ein Engel und bring mich nach Hause, falls du nicht von einem Rudel Fans belagert wirst. Aber ich kann auch gut mit dem Bus fahren...»

«Sei nicht albern! Ich fahre dich natürlich wohin du willst. Los, mach dich rasch fertig! Monkton, es wartet doch nicht jemand auf mich, oder?» Er begann, sich auszuziehen.

«Einen Augenblick, Sir, entschuldigen Sie, ich glaube, eine Dame möchte Sie sprechen. Hier ist ihre Visitenkarte, allerdings meinte sie, daß Sie damit nicht viel anfangen könnten, Sir. Ich habe ihr erklärt, Sie hätten es nach den Nachmittagsvorstellungen meist eilig, und sie schien enttäuscht. Sie sagte, sie würde warten, falls Sie doch noch ein paar Minuten Zeit für sie hätten.»

«Geben Sie her!» Er drehte die Karte stirnrunzelnd zwischen seinen Fingern. «Mrs John Pearce – sagt mir nichts. Wie sieht sie aus, Monkton?»

«Nun, Sir – das ist ziemlich schwer zu beschreiben. Eine Dame mittleren Alters, würde ich sagen, weißes Haar, groß,

dressed almost in country clothes. A very pleasant speaking voice."

"Oh, Lord! Pour me out a drink and show her in."

He lit a cigarette, and tried to remember the second bar of the tune that was haunting him.

"Why are you so mean to me?
Why are you . . .?"

He had forgotten all about the woman, until the door closed suddenly and she was standing there before him. She laughed at him, holding out her hands. "You haven't changed at all, have you?"

He saw someone with a mass of thick white hair under an ugly hat, someone with a bronzed, rather weather-beaten face. Her eyes were blue, and she was nice when she smiled. Her clothes were all wrong, though, her ankles thick. She obviously did not care about these things. He started back in surprise, pretending to be overwhelmed with joy and astonishment.

Of course he had no idea who she was. "My dear," he began, "but this is too marvellous. Why on earth didn't you tell me you were in front?"

It seemed as though she could not move away from the doorway, but must stand there watching
32 him, feeling his eyes with hers, uncertain of the
33 truth of his words.

eher ein wenig ländlich gekleidet. Eine sehr angenehme Stimme.»

«Ach du lieber Gott! Dann schenken Sie mir ein Glas ein und führen Sie sie herein!»

Er nahm eine Zigarette und suchte nach der zweiten Zeile des Schlagers der ihm nicht aus dem Sinn ging:

«Frauen sind keine Engel,
Sie tun so, doch nur...»

Er hatte die Sache mit der Unbekannten schon vergessen, als plötzlich die Tür klappte und sie vor ihm stand. Sie breitete die Arme aus und lachte ihn an: «Du hast dich ja überhaupt nicht verändert!»

Es war eine Frau mit reichem weißen Haar unter einem häßlichen Hut, und mit einem sonnenverbrannten, leicht verwitterten Gesicht. Ihre Augen waren blau, und sie hatte ein anziehendes Lächeln. Sie war jedoch unmöglich gekleidet und hatte in ihren flachen Schuhen zu dicke Fesseln. Offensichtlich legte sie auf derlei Dinge keinen Wert. Er fuhr mit einer erstaunten Gebärde zurück und tat so, als wäre er von Freude und Verwunderung überwältigt.

Natürlich hatte er keine Ahnung, wer sie war. «Aber meine Liebe», begann er, «das ist einfach zu schön! Warum um alles in der Welt hast du mir nicht sagen lassen, daß du es bist?»

Es sah aus, als könnte sie sich nicht von der Tür lösen, als müßte sie dort stehen bleiben und ihn beobachten, seine Augen mit den ihren suchen. Waren seine Worte aufrichtig gemeint?

"I didn't think you'd recognise me," she began. "I was certain you wouldn't have the remotest idea who I was. What is it–nearly thirty years? Think of all that's happened since, so much and so much..."

"But you're talking nonsense," he interrupted, "of course I knew you the moment you came into the room."

He racked his memory for some light out of the past. Who on earth could she be? Mrs John Pearce...

She loosened the scarf round her throat and sat down on the edge of the sofa. "This is the first time I've ever been brave enough to come round," she said. "I've wanted to so often, but something always prevented me, a sort of silly pride. A feeling you wouldn't know me, wouldn't remember. I come and see all your plays, you know. I'm still sentimental enough to cut out your notices and paste them in a book!"

She laughed at him, shaking her head. He made a little noise in his throat to save the necessity of words.

"You see, I live right down in the country now," she went on. "It's quite an expedition to come up to London. When I do, about twice a year, I make a point of seeing you act. I don't know what it is, but the years don't make any difference to you. To me, a
34 tired middle-aged woman in the stalls, you are
35 always the boy I knew, funny, excited, with his hair

«Ich hätte nie gedacht, daß du mich erkennen würdest», begann sie. «Ich war sicher, du würdest nicht die leiseste Ahnung haben, wer ich bin. Wie lange ist es her? Fast dreißig Jahre. Stell dir vor, was sich seitdem alles ereignet hat – so viel...»

«Was für ein Unsinn», unterbrach er sie, «natürlich habe ich dich erkannt, gleich als du hereinkamst.»

Er zermarterte sich den Kopf, um ein bißchen Licht in die Dunkelheit zu bringen. Wer in drei Teufels Namen konnte sie sein? Mrs John Pearce...?

Sie lockerte den Schal um ihren Hals und setzte sich auf die Kante des Sofas. «Dies ist das erste Mal, daß ich den Mut habe, hierher zu kommen», sagte sie. «Ich war schon oft kurz davor, aber dann hat mich immer etwas daran gehindert, wohl so eine Art dummer Stolz. Die Befürchtung, daß du mich nicht erkennen, dich nicht erinnern würdest. Ich sehe mir hier nämlich alle deine Theaterstücke an. Ich bin noch immer so sentimental, daß ich alles, was über dich in der Zeitung steht, ausschneide und in ein Album klebe.»

Sie lachte ihn an und schüttelte dabei den Kopf. Er gab ein leises Glucksen von sich, um sich die Antwort zu ersparen.

«Weißt du, ich wohne jetzt draußen auf dem Land», fuhr sie fort. «Nach London ist es eine ziemliche Strapaze. Wenn ich fahre, etwa zweimal im Jahr, dann lasse ich es mir nicht nehmen, dich auf der Bühne zu sehen. Ich weiß nicht, woran es liegt, aber die Jahre gehen einfach spurlos an dir vorüber. Für mich, eine müde ältere Frau im Parkett, bist du noch immer der Junge, den ich kannte, lustig, aufgekratzt,

rumpled. That's being a sentimentalist, isn't it? Can I have a cigarette?"

She reached out for the box on the table. He wondered why she gave him no clue to her personality, and why she did not even bother to mention the names of people or of places. Apparently they must have known each other absurdly well. Bronzed face, white hair, Mrs John Pearce.

"Let's see," he threw his question into the air, "let's see, how long is it really since I saw you last?"

She watched his expression with grave eyes. "I said thirty years just now, but maybe it's a little less," she answered. "Time is such a ridiculous thing. Do you know, I've only got to relax, and throw my mind back, and I can hear the sound of your cab starting, and you driving away in it, hot and furious, with me lying on my bed imagining that nobody ever got over a broken heart."

Oh! so they had been as intimate as that? Angry words–tears–and now he couldn't remember her at all...

"I must have behaved like a swine," he said angrily. "I can't understand how we ever came to quarrel."

She threw back her head and laughed. "You don't mean to say you've thought it was because of a quarrel?" she asked him. "But we never had rows,
36 you and I. You must remember that."

37 "No. No, of course not." He joined in her laugh,

mit strubbeligem Haar. Nun werde ich schon wieder rührselig, nicht wahr? Kann ich eine Zigarette haben?»

Sie griff nach der Schachtel auf dem Tisch. Er fragte sich, warum sie ihm keinen Anhaltspunkt zu ihrer Person gab, warum sie sich nicht einmal herbeiließ, die Namen von Menschen oder Orten zu erwähnen. Offenbar waren sie äußerst vertraut miteinander gewesen. Gebräuntes Gesicht, weiße Haare, Mrs John Pearce – ein einziges Fragezeichen!

«Laß uns nachrechnen», holte er aus, «wie lang ist es her, seit wir uns zuletzt gesehen haben?»

Sie beobachtete seine Miene mit ernsten Augen. «Dreißig Jahre, sagte ich vorhin, vielleicht auch ein bißchen weniger», antwortete sie. «Mit der Zeit ist es so eine Sache. Weißt du, ich brauche nur bequem dazusitzen und zurückzudenken – und schon meine ich wieder das Geräusch zu hören, wie du mit dem Taxi wegfährst, hitzig und erbost, während ich auf meinem Bett liege und weiß, daß mein Herz gebrochen und alles aus ist.»

Oh je! So eng waren sie also verbunden gewesen? Zornige Worte, Tränen – und er konnte sich an gar nichts mehr erinnern.

«Ich muß mich ja wie ein Schwein benommen haben», sagte er grimmig. «Ich verstehe nicht, wie wir jemals streiten konnten.»

Sie warf den Kopf zurück und lachte. «Du meinst doch nicht im Ernst, es sei wegen eines Streites gewesen», sagte sie. «Wir hatten doch nie Streit, du und ich. Das mußt du doch noch wissen.»

«Nein, Streit hatten wir natürlich nicht.» Er stimmte in ihr

wondering whether she had noticed his slip. "I know we were the most wonderful friends in every way," he continued.

She sat silent for a minute, considering the matter, her head on one side. "That's where you're wrong," she told him. "It's because we never struck a proper basis of friendship that the whole thing finished. I think we were too young to have any judgment–too young and too selfish. No sense of values. We were like greedy children who make themselves sick with overeating."

He agreed solemnly, watching her over the rim of his glass. So this had been a passionate affair. Thirty years ago–he cast his mind back in vain. He had an uneasy feeling that he had behaved badly to this white-haired woman who sat before him. In a moment he was acquitted, though.

"I shall never regret it," she said suddenly, "never one second. Being in love–terribly in love–is the best thing in the world, don't you think? The only moment I have sometimes regretted was sending you away as I did. We might have gone on being happy."

Then it had not been his fault after all. Presumably he had gone from her broken-hearted. It was all rather touching. Why had be such an appalling memory? He was ready to cry over his youthful
38 tragedy.
39 "I nearly blew my brains out at the time," he

Lachen ein, ungewiß, ob sie seinen Schnitzer bemerkt hatte. «Ich weiß, wir waren in jeder Hinsicht ein Herz und eine Seele», fuhr er fort.

Sie schwieg einen Augenblick, den Kopf nachdenklich zur Seite geneigt. «Da irrst du dich», sagte sie dann. «Gerade weil wir nie die richtige Grundlage für eine Freundschaft finden konnten, ging alles in die Brüche. Ich glaube, wir waren zu jung und ahnungslos – zu jung, zu selbstsüchtig. Wir hatten kein Gespür für echt und unecht. Wir waren wie nimmersatte Kinder, die immerfort naschen, bis ihnen schlecht wird.»

Er nickte mit ernster Miene, während er sie über den Rand seines Glases hinweg musterte. Es war also eine leidenschaftliche Geschichte gewesen. Dreißig Jahre war es her – vergeblich versuchte er sich zu erinnern. Er hatte das beklommene Gefühl, daß er sich gegenüber der weißhaarigen Frau, die da vor ihm saß, schofel benommen hatte. Doch gleich darauf hörte er seinen Freispruch.

«Ich werde es nie bereuen», sagte sie entschlossen, «keine Sekunde lang. Verliebt sein, wahnsinnig verliebt sein, ist doch das Schönste auf der Welt, nicht wahr? Der einzige Augenblick, den ich manchmal bereut habe, ist der, als ich dich damals so einfach wegschickte. Wir hätten miteinander glücklich bleiben können.»

Dann war es also doch nicht seine Schuld gewesen. Demnach hatte die Trennung ihm – nicht ihr – das Herz gebrochen. Es war alles recht ergreifend. Warum hatte er nur ein so verheerendes Gedächtnis? Die Tragödie seiner Jugend rührte ihn schier zu Tränen.

«Fast hätte ich mir damals eine Kugel durch den Kopf

said bitterly. "I suppose you never cared for one moment how it would affect me. I felt as if there was nothing to live for–nothing in life to hold on to."

"I guessed it would be hard at first," she smiled, "but look–you soon got over it."

He was certain he had taken months in getting over it. For all he knew this woman had blasted his whole outlook thirty years ago. They had obviously been passionately in love and she had given him the chuck, breaking his heart. He forgot her ugly hat and her tired, weatherbeaten face. He began to imagine somebody young, somebody slim. He pictured to himself all sorts of mad, impossible things.

"Those long days together," he began dreamily, "that frock you wore–and your hair brushed away from your face."

She frowned, puzzled by his words. "But we scarcely saw each other in the daytime."

"Nights, I meant," he said hurriedly. "Long, long nights. Sometimes there was a moon making patterns on the floor. You used to put your hands over your eyes to hide yourself from the light."

"Did I really?"

"Yes–you know you did. And often we'd come back hungry–neither of us with any money in our
40 pockets. Perhaps only enough to halve a ham sand-
41 wich. And you'd be cold–I'd have to give you my

gejagt», sagte er verbittert. «Ich glaube, du hast dir überhaupt nie Gedanken darüber gemacht, wie es mich treffen würde. Es war mir, als gäbe es nichts, wofür zu leben sich lohnte – nichts, was einem einen Halt geben konnte.»

«Ich habe geahnt, daß es erst schwer sein würde», lächelte sie. «Aber gib zu, du hast es bald verschmerzt.»

Er war sich sicher, daß er Monate gebraucht hatte, um darüber hinwegzukommen. Wie er es sah, war wegen dieser Frau vor dreißig Jahren eine Welt in ihm zusammengebrochen. Sie waren offenbar leidenschaftlich verliebt gewesen; sie hatte ihm dann den Laufpaß gegeben, das Herz gebrochen. Er vergaß ihren häßlichen Hut und ihr müdes, faltiges Gesicht und begann, sich etwas Junges, Schlankes vorzustellen. Und schon malte er sich die verrücktesten, unmöglichsten Dinge aus.

«Die langen Tage damals, die wir zusammen verbrachten», begann er verträumt. «Das Kleid, das du trugst – und dein nach hinten gekämmtes Haar!»

Sie runzelte erstaunt die Stirn. «Aber wir haben uns doch kaum bei Tag gesehen!»

«Ich meine ja die Nächte», verbesserte er sich eilig. «Lange, lange Nächte. Manchmal schien der Mond herein und zeichnete Muster auf den Fußboden. Du hieltest die Hände vor die Augen, um dich vor dem Licht zu verstecken.»

«Habe ich das wirklich getan?»

«Ja – du weißt es doch noch! Und oft kamen wir hungrig nach Hause – keiner von uns hatte einen roten Heller in der Tasche. Vielleicht reichte es noch für ein Schinkenbrot, das wir uns dann teilten. Und wie hast du gefroren! Ich mußte dir

coat–but you'd wrinkle up your nose in contempt, 'Who wants to get warm that way?' Then, because I loved you so much, I'd want to strangle you, and . . ."

He stopped short, dazzled by his own imagination, and a little hurt at the astonished expression on her face.

"I've forgotten all that," she told him. "I'm sure you always had plenty of money. And we never halved ham sandwiches, we nearly always dined with Mother."

He glared at her, shocked and confused. His ideas were so much more romantic. She was spoiling everything. Why must she drag in her relations?

"I have always hated your Mother," he said coldly, "we never got on. I didn't like to tell you at the time."

She stared at him blankly. "But why ever didn't you say so? You know it would have made all the difference in the world."

He brushed her statement aside. He would not talk about her Mother. He saw himself young, miserable, very much in love. This was the only thing that mattered.

"I tried drinking at first," he went on gloomily, "but it wasn't any good. I never could get your face out of my thoughts, never for a single instant, night
42 and day. It was complete and utter hell–"

43 "What about your ambition, surely that gave you

meinen Mantel anbieten – aber du hast nur verächtlich die Nase gerümpft: ‹Wenn du mich wärmen willst, dann doch nicht so!› In solchen Augenblicken hätte ich dich vor Liebe umbringen können...»

Er machte eine Pause, berauscht von seiner eigenen Phantasie und ein wenig gekränkt von dem verblüfften Ausdruck auf ihrem Gesicht.

«Das habe ich alles vergessen«, sagte sie. «Du hattest doch immer Geld in Hülle und Fülle. Und von geteilten Schinkenbroten war keine Rede, wir haben doch fast immer bei Mutter zu Abend gegessen.»

Er starrte sie an, ernüchtert und verwirrt. Wie viel romantischer waren doch seine Gedanken! Sie verpatzte alles. Warum mußte sie ihre Verwandtschaft mit hineinziehen?

«Ich habe deine Mutter immer gehaßt», sagte er kalt, «wir sind nie miteinander ausgekommen. Ich wollte es dir damals nur nicht sagen.»

Sie starrte ihn entgeistert an. «Aber warum denn nicht? Dann wäre doch bestimmt alles ganz anders gekommen.»

Er wischte ihre Erwägung beiseite. Er wollte doch nicht über ihre Mutter reden. Er sah sich in Gedanken jung, unglücklich, heillos verliebt. Dies war das einzige, worauf es ankam.

«Ich habe es zuerst mit dem Saufen versucht», fuhr er düster fort, «aber es hatte keinen Zweck. Nie konnte ich dein Gesicht vergessen, nicht einen einzigen Augenblick, Tag und Nacht. Es war die reinste Hölle –»

«Aber du hattest doch ehrgeizige Pläne! Die haben dich

some sort of interest? And then when success came to you?"

"Ambition? Success?" He laughed scornfully, throwing his cigarette into the fireplace. "What were they compared with my love for you? Don't you understand that after you sent me away I was broken, done in? You took from me the only chance of happiness I ever had. I was young, I had ideals, I believed in you more than anything in the world. Then, for some reason that I shall never know, you chucked me. You didn't care what became of me, and you have the face to sit there and tell me that the fact of my being successful should have put you out of my mind. Don't you know that success has not brought one grain of happiness to me, that always in the depth of my heart I've known that you were the only thing that mattered?"

He blew his nose noisily, and poured himself out another drink. His eyes were red and his hands trembled with emotion.

She rose from the sofa and laid her hand on his shoulder. "I'd no idea you felt it in that way," she said gently. "Please, please don't reproach me like this. I believed I was doing it for your good. I thought I would be a drag on you."

He refused to be comforted. He shook his head miserably.

44 "You were the sweetest influence in my life–the
45 one reason for existence," he said. He glanced down

doch sicher in Anspruch genommen. Und erst recht, als der Erfolg kam!»

«Ehrgeiz? Erfolg?» er lachte verächtlich und warf seine Zigarette in den Kamin. «Was war das alles gegen meine Liebe zu dir? Begreifst du denn nicht, daß ich, als du mich weggeschickt hattest, gebrochen, erledigt war? Du hast mir die einzige Hoffnung auf Glück genommen, die ich jemals gehabt habe. Ich war jung, ich hatte Ideale, ich glaubte an dich mehr als an alles andere auf der Welt. Da hast du mich stehen lassen, aus einem Grund, den ich wohl nie kennen werde. Es war dir egal, was aus mir werden würde – und du hast die Unverfrorenheit, hier zu sitzen und mir zu sagen, daß mein Erfolg dich aus meinem Bewußtsein verdrängt hätte. Weißt du denn nicht, daß der Erfolg mir nicht eine Spur von Glück gebracht hat, daß ich im Grunde meines Herzens immer wußte, daß du das einzige warst, was mir je etwas bedeutete?»

Er schneuzte sich geräuschvoll und füllte sein Glas nach. Seine Augen waren gerötet und seine Hände zitterten vor Erregung.

Sie erhob sich vom Sofa und legte ihre Hand auf seine Schulter. «Ich hatte keine Ahnung, daß es dir so nahe ging», sagte sie sanft. «Bitte, bitte, mache mir nicht solche Vorwürfe! Ich meinte es zu deinem Besten zu tun. Ich dachte, ich würde dir zur Last fallen.»

Er ließ sich nicht trösten, sondern schüttelte trübselig den Kopf.

«Du warst das Köstlichste in meinem Leben, du gabst ihm den eigentlichen Sinn», sagte er. Er blickte auf den Ehering an

at the wedding ring on her hand, and was aware of his unreasoning jealousy. "Who is this fellow you've married, anyway?" he asked roughly. "This John Pearce–damn his eyes. So you couldn't even be faithful to one..."

"I met him eighteen months after you went away," she answered. "John and I have been married twenty-seven years now. Four grown-up children–just think of that! We lead a very peaceful life down in Devonshire. Don't you remember how I always loved the country? That dream has come true, anyway. I have a snapshot of my youngest boy here in my bag. He's rather a darling, don't you think? He's doing so well in Burma."

He scarcely looked at the snapshot. He wasn't interested in her children, or in her house in Devonshire.

"Does your husband know about us?"

She put the photo away in her bag.

"Oh, yes! I tell him everything."

"Then he doesn't mind?"

"Why should he? He's scarcely likely to bother over something that happened thirty years ago! He's always very interested in you. We read your notices together. He's going to be terribly excited when I tell him I've been round to see you."

He did not want it to be like this. He wanted a hulking brute of a husband who treated her badly, who never understood her. He wanted her to be

ihrer Hand und wurde sich einer sinnlosen Eifersucht bewußt. «Wer ist übrigens der Kerl, den du geheiratet hast?» fragte er barsch. Dieser John Pearce – hol ihn der Teufel! Nicht einmal Treue konnte man also von dir...»

«Ich habe ihn erst kennengelernt, nachdem du eineinhalb Jahre weg warst», verteidigte sie sich. «John und ich sind jetzt seit siebenundzwanzig Jahren verheiratet. Vier erwachsene Kinder – stell dir vor! Wir führen ein sehr beschauliches Leben, unten in Devonshire. Weißt du nicht mehr, wie sehr ich das Landleben liebte? Wenigstens dieser Traum ist in Erfüllung gegangen. Ich habe einen Schnappschuß von meinem jüngsten Sohn hier in meiner Tasche. Ist er nicht ein netter Junge? Er ist übrigens in Burma und verdient glänzend.»

Er hatte für das Photo kaum einen Blick. Was gingen ihn ihre Kinder oder ihr Haus in Devonshire an?

«Weiß dein Mann über uns Bescheid?»

Sie steckte das Photo in ihre Tasche zurück.

«Oh ja. Ich erzähle ihm alles.»

«Dann macht es ihm also nichts aus?»

«Ach was! er wird sich doch keine grauen Haare wachsen lassen wegen einer Sache, die sich vor dreißig Jahren abgespielt hat! Übrigens nimmt er an dir immer regen Anteil. Wir lesen gemeinsam, was über dich in der Zeitung steht. Er wird ganz aus dem Häuschen sein, wenn ich ihm erzähle, daß ich dich besucht habe.»

Dies alles paßte ihm nicht ins Konzept. Er hätte sich lieber ein grobes Scheusal von Ehemann vorgestellt, der sie schlecht behandelte und sie überhaupt nicht verstand. Einsam und

lonely and unloved, leaning out of a window, watching for a star. He could not allow her to be married for twenty-seven years and have four grown-up children. She seemed to take it all for granted, too. She made no allowance for his feelings.

"So much for fidelity," he said grimly, "so much for vows and promises, and all the things that go to make up belief. We used to hold each other and whisper words like 'never' and 'forever'. Just a silly little string of lies, that's what they were. You've killed my last illusions today; you've made me feel as though nothing's worth while."

She shrugged her shoulders and began to draw the gloves on her large brown hands. "You talk as though you had never made love to other women," she laughed comfortably.

"Other women?" He waved the idea away. He would not even discuss it. In his mind he saw a meaningless procession, to all of whom he had sworn the same things. The thought irritated him. He found it unattractive. He would have liked men and women to be as birds on a tree–the male bird dumb and inconsolable on a high branch, with its mate dead at the foot of the tree. The picture saddened him. He felt unhappy for no reason.

She was standing now, the ugly hat crammed over her face, the scarf pulled anyhow on her shoulder.

ungeliebt sollte sie am Fenster stehen und zu den Sternen emporblicken. Er konnte es ihr einfach nicht gestatten, seit siebenundzwanzig Jahren verheiratet zu sein und vier erwachsene Kinder zu haben. Noch dazu schien sie das alles für selbstverständlich zu halten. Auf seine Gefühle nahm sie keine Rücksicht.

«So steht es also mit der Treue», sagte er grimmig, «mit Schwüren und Versprechungen, mit allem, was dazu dient, den anderen in Sicherheit zu wiegen. Wenn wir uns in den Armen lagen, flüsterten wir ‹nie und nimmer› oder ‹immer und ewig›. Fauler Zauber, weiter nichts! Du hast heute meine letzten Träume zerstört; du hast mich erkennen lassen, daß nichts den Einsatz lohnt.»

Sie zuckte die Achseln und begann, sich die Handschuhe über die großen braunen Hände zu streifen. «Du redest daher, als hättest du überhaupt keine anderen Frauen geliebt», lachte sie vergnügt.

«Andere Frauen?» Er machte eine wegwerfende Handbewegung. Er wollte kein Wort darüber verlieren. Er sah vor sich eine Reihe belangloser Frauen, denen allen er Gleiches geschworen hatte. Dieser Gedanke widerte ihn an; er fand ihn geschmacklos. Lieber hätte er sich Mann und Frau wie Vögel in einem Baum vorgestellt – das Männchen stumm und untröstlich auf einem hohen Ast, das Weibchen tot am Fuße des Stammes. Dieses Bild stimmte ihn traurig. Er fühlte sich unglücklich, ohne es sich erklären zu können.

Sie hatte sich inzwischen erhoben. Der häßliche Hut war über ihren Kopf gestülpt, der Schal bedeckte recht und schlecht ihre Schultern.

He caught at her hand. "I don't want you to go," he said.

She smiled and made her way to the door. "I must catch my train at Paddington, John and the children expect me. It's made me so happy coming to see you. I shall sit in the train tonight and go through it all over again. It's been a great excitement in my quiet, uneventful life, you know. God bless you, and take care of yourself. You don't know how young you've made me feel."

He looked at her white hair and the bronzed, weather-beaten face. "You're taking something away with you that belongs to me," he said. "It's something that has no name, but it means a great deal to me. I wish I knew what it was."

But this time she laughed and would not believe what he was saying. "Now you're just acting," she told him.

"No," he said, "no, that's what you don't understand."

She went from him down the passage and out of the stage door. He heard her footsteps pass along the alley outside his window. He looked at himself in the mirror above the fireplace. He felt tired and listless.

"Monkton?" he called. "Monkton?"

When he had cleaned away his grease paint and washed, his face seemed thin and pale. There were

Er griff nach ihrer Hand. «Du darfst noch nicht gehen», sagte er.

Sie lächelte und ging zur Tür. «Ich muß meinen Zug am Paddingtonbahnhof erreichen, John und die Kinder erwarten mich. Es hat mich glücklich gemacht, dich zu besuchen. Wenn ich heute abend im Zug sitze, lasse ich alles noch einmal an mir vorüberziehen.

Es war ein aufregendes Erlebnis in meinem ruhigen, ereignislosen Dasein, weißt du! Behüte dich Gott, und paß du auch selber auf dich auf! Ach, wenn du wüßtest, wie jung ich mich bei dir gefühlt habe!»

Er betrachtete ihre weißen Haare und das gebräunte, wettergegerbte Gesicht. «Du nimmst etwas von hier fort, das mir gehört», sagte er. «Etwas, das keinen Namen hat, aber mir ungeheuer viel bedeutet. Ich wollte, ich wüßte, was es ist.»

Diesmal lachte sie, denn sie nahm nicht mehr ernst, was er da redete. «Jetzt spielst du aber Theater», sagte sie.

«Nein», erwiderte er. «Eben das kannst du nicht begreifen.»

Sie ging den Korridor hinunter und verschwand durch den Bühnenausgang. Er hörte ihre Schritte entlang der Gasse vor seinem Fenster.

Dann betrachtete er sich im Spiegel über dem Kamin. Er fühlte sich müde und abgespannt.

«Monkton?» rief er. «Monkton?»

Als er sich abgeschminkt und gewaschen hatte, kam ihm sein Gesicht schmal und blaß vor. Unter seinen Augen waren

little lines beneath his eyes. His hair was streaked with grey.

Somebody knocked at the door. It was the girl ready dressed, carrying her beret in her hand.

"Who on earth was that old lady with the white hair and the large bosom?" she asked him.

"I don't know," he said, "as a matter of fact I haven't the vaguest idea even now."

"Did she keep you ages, poor darling? What a bore for you."

He made no answer. She followed him to the car waiting in the street. When they came to a block in Piccadilly she looked at him, wondering what he was thinking about.

He was singing absently to himself, his thoughts miles away–

"Why are you so mean to me?
Why are you . . .?"

He broke off in the middle of a bar. "Tell me," he said suddenly, "that woman–did she seem old to you, really old?"

dünne Falten zu sehen. Seine Haare waren von Grau durchzogen.

An der Tür klopfte es. Es war das Mädchen, fertig angezogen, die flotte Mütze in der Hand.

«Was war denn das für eine alte Dame mit den weißen Haaren und dem mächtigen Busen?» fragte sie ihn.

«Ich weiß nicht», sagte er, «wirklich: ich habe immer noch nicht die leisteste Ahnung.»

«Wie ewig lang sie dich aufgehalten hat, du Ärmster! Welche Zumutung!»

Er gab keine Antwort. Sie folgte ihm zum Auto, das auf der Straße wartete. Als sie in Piccadilly in einen Verkehrsstau gerieten, sah sie ihn fragend an: Woran mochte er denken?

Er trällerte zerstreut vor sich hin, in Gedanken weit entrückt –

«Frauen sind keine Engel,
sie tun so, doch nur zum Schein...»

Mitten im Takt brach er ab. «Sag mal ehrlich», fragte er plötzlich, «diese Frau, kam sie dir eigentlich alt vor – du weißt schon – so richtig alt?»

As the huge and stately *Queen Anne*, pride of the trans-Atlantic fleet, edged away from New York's Pier 90 and set her course for the Statue of Liberty and the open sea, I scanned the passenger list in the main lobby. No matter how many times I begin a crossing–and this was probably my thirtieth–there is always an intriguing interest in seeing who one's fellow passengers are. They can make or break a voyage, even in so vast a ship as the *Queen Anne*.

My eye ran rapidly down the list. There was a film actress whose première had been a resounding success, another whose last film had fallen flat on its face in the middle of Broadway. It would be interesting to watch them being saccharine-sweet to each other. There was a returning ambassador, and a famous novelist who breakfasted on Martinis and always insulted everyone within earshot (he was a well-known trap for the hospitable). There was a financier who should have been in gaol, and a deported British gangster who was on his way there.

Nicholas Monsarrat: Oh, könnte ich in England sein

Während die mächtige und majestätische *Queen Anne*, der Stolz der Transatlantikflotte, vom Pier 90 des New Yorker Hafens losmachte, um die Freiheitsstatue und das offene Meer anzusteuern, studierte ich im Hauptfoyer die Passagierliste. Sooft ich auch den Atlantik überquere – dies war wohl schon das dreißigste Mal –, bin ich doch stets ungeheuer auf meine Mitreisenden gespannt. Mit ihnen steht und fällt die ganze Seereise, sogar auf einem so großen Schiff wie der *Queen Anne*.

Im Nu hatte ich die Liste überflogen. Da waren eine Filmschauspielerin, deren Première ein Bombenerfolg geworden war, und eine andere, deren letzter Film auf dem Broadway mit Pauken und Trompeten durchgefallen war. Es mochte interessant werden, die beiden miteinander Süßholz raspeln zu sehen. Weitere Passagiere waren ein Botschafter auf der Heimreise und ein berühmter Romanschriftsteller, dessen Frühstück aus Martini-Cocktails bestand, und der ständig jedermann in Hörweite beleidigte (er war bekannt als Reinfall für Freunde gastlicher Geselligkeit). Dazu kamen ein Finanzmann, der eigentlich ins Kittchen gehörte, und ein deportierter britischer Gangster, der sich auf dem Weg dorthin befand.

There was, in fact, nothing much out of the ordinary in the *Queen Anne's* passenger list. I knew about half a dozen of the people. It was likely to be an average voyage: quiet, pleasant, and luxurious.

A hand fell heavily on my shoulder, and a manly voice said:

"If you're looking for me, I'm not on the list!"

I turned, startled, to find that it was Sebastian Sibling.

I don't need to tell you who Sebastian Sibling is; there are probably not less than six of his films, new and old, playing in different parts of the world at this very moment. I had known him before the war, when he was a bit-player in minor English films. But since then he had graduated to higher spheres.

Nowadays he was, inevitably, the top-billed star in those intensely patriotic dramas in which the hero does everything single-handed. It was Sebastian Sibling who had purged the U-boats from the Atlantic, rolled back the Germans in the Battle of the Bulge, conquered Burma, subdued North Korea, solved everything in Kenya, and defeated the entire Russian spy-system in West Berlin. However black things might be, you knew that as soon as Sebastian Sibling came galloping to the rescue, our side was going to win.

We shook hands. He was looking swaggeringly

Die Passagierliste der *Queen Anne* enthielt also tatsächlich so gut wie gar nichts Außergewöhnliches. Ich kannte ungefähr ein halbes Dutzend von diesen Leuten. Die Reise versprach durchschnittlich zu werden: ruhig, angenehm, genüßlich.

Plötzlich fiel eine Hand schwer auf meine Schulter, und eine männliche Stimme sagte:

«Wenn du mich suchst, ich stehe nicht auf der Liste.»

Ich drehte mich verblüfft um und sah Sebastian Sibling vor mir stehen.

Ich brauche Ihnen nicht zu sagen, wer Sebastian Sibling ist. Es laufen wahrscheinlich zur Zeit nicht weniger als sechs seiner Filme, neue und alte, in den verschiedensten Teilen der Welt. Ich kannte ihn aus der Zeit vor dem Kriege, als er noch kleine Rollen in zweitrangigen englischen Filmen gespielt hatte. Seitdem war er allerdings in höhere Sphären aufgestiegen.

Heute war er mit unvermeidlicher Regelmäßigkeit der Spitzenstar in all den hurrapatriotischen Filmdramen, in denen der Held alles auf eigene Faust fertigbringt. Wenn einer die U-Boote aus dem Atlantik fegte, die Deutschen nach ihrer Ardennenoffensive zurückwarf, Burma eroberte, Nordkorea bezwang, den Schlamassel in Kenia klärte und das gesamte russische Spionagesystem in Westberlin vernichtete, so war es Sebastian Sibling. Wie düster die Aussichten auch sein mochten: sobald Sebastian Sibling zur Rettung heraneilte, wußte man, daß der Sieg unser sein würde.

Wir schüttelten uns die Hände. Er sah geradezu unver-

handsome, dashing, sure of himself. A couple of passing women, who were certainly old enough to know better, stared at him in adoration. He threw them a glance, and then a courtly bow. I felt like a farmhand in the presence of royalty.

"Sebastian!" I exclaimed. "How nice to see you! But your name's not on the passenger list. Are you travelling incognito?"

I had meant it as a joke, but he took it quite seriously. "No, no–not this time," he answered. "I just made up my mind to come at the last moment, that's all. We're going to make a film in France."

"What about?"

"Dunkirk."

In spite of myself, I gave a sigh of relief. The evacuation, I knew, would be in safe hands. Indeed, it might not even be necessary.

Since the *Queen Anne* was dropping most of her passengers at Southampton, on her way to Cherbourg, I asked him:

"Are you staying in England at all?"

He gave a ferocious frown and a gesture which, in a lesser man, might have been a shudder.

"Good heavens, no!" he answered. "I haven't set foot in England for over a year. It would cost
58 me far too much."

59 "Compared with New York? Surely not!"

schämt hübsch, elegant und selbstsicher aus. Ein paar vorbeikommende Frauen, die bestimmt alt genug waren, um anderes im Kopf zu haben, himmelten ihn an. Er warf ihnen einen Blick zu und verbeugte sich galant. Ich kam mir vor wie ein Bauernknecht in Gegenwart einer königlichen Hoheit.

«Sebastian!» rief ich aus. «Wie fein, dich hier zu treffen! Aber dein Name steht ja gar nicht auf der Passagierliste. Reist du etwa inkognito?»

Ich hatte es im Scherz gemeint, er aber nahm es völlig ernst. «Nein, keineswegs – diesmal nicht», erwiderte er. «Ich habe mir nur vorgenommen, erst im letzten Augenblick zu kommen, das ist alles. Wir wollen in Frankreich einen Film drehen.»

«Worüber?»

«Über Dünkirchen.»

Unwillkürlich atmete ich erleichtert auf. Die strategische Räumung würde also in sicheren Händen sein. Das heißt, sie war vielleicht nicht einmal mehr notwendig.

Da die *Queen Anne* auf ihrem Weg nach Cherbourg die meisten Passagiere in Southampton absetzte, fragte ich ihn:

«Wirst du dich dann in England überhaupt aufhalten?»

Er runzelte grimmig die Stirn und machte eine Gebärde, die bei einem geringeren Mann wohl als ein Schaudern ausgefallen wäre.

«Um Himmels willen, nein!» antwortete er. «Ich habe England seit über einem Jahr nicht mehr betreten. Es käme mich viel zu teuer zu stehen.»

«Im Vergleich zu New York? Unmöglich!»

"British income tax, old boy!" he explained. "I tell you, they're all ready to *murder me!* I reckon it would cost me seventy-five thousand pounds if I stepped ashore at Southampton!"

"But why so much?"

"Oh–back taxes," he said airily. "And it would establish my residence again; I still own a house in London, you know." He paused, long enough to give an award-winning smile at a trio of teenage girls who hurried off, utterly overcome. "I'm an American resident, for tax purposes," he explained, "and I'm going to keep it that way. England's really quite impossible!"

I thought this an odd and rather unpleasant remark, from a man who had made enormous sums of money out of portraying heroic, do-or-die, my-country-right-or-wrong Englishmen on the screen. Apparently, in spite of his swashbuckling air, there were some things that Sebastian Sibling was still scared of. ... But I said nothing. Perhaps, when you reached the top (as he undeniably had), the perspective altered. We arranged to meet later in the bar, and I left him to his ecstatic public.

I saw a good deal of Sebastian Sibling during the next four days. The *Queen Anne* is about the
60 size of a moderate block of flats, but people are
61 apt to congregate in the same places–the Old Eng-

«Die britische Einkommensteuer, alter Junge!» erklärte er. «Ich kann dir sagen, die Kerls sind drauf und dran, mich umzubringen. Nach meiner Schätzung würde es mich 75 000 Pfund kosten, wenn ich in Southampton an Land ginge.»

«Aber wieso denn so viel?»

«Oh – Steuerrückstände», sagte er leichthin. «Auch würde es meinen Wohnsitz wiederaufleben lassen; ich habe nämlich noch ein Haus in London, weißt du?» Er hielt inne, lang genug, um einem Teenagerkleeblatt ein prämierungswürdiges Lächeln zu schenken, das die völlig überwältigten Mädchen zum eiligen Rückzug zwang. «Für die Steuer bin ich in Amerika ansässig», erklärte er, «und dabei werde ich bleiben. England ist ganz einfach unmöglich!»

Ich hielt dies für eine merkwürdige und reichlich unpassende Bemerkung von einem Mann, der mit der filmischen Darstellung heroischer Engländer vom Schlag «Siegen oder Sterben» und «Recht oder Unrecht – mein Vaterland» Unsummen verdient hatte. Offensichtlich gab es für Sebastian Sibling trotz seines großmäuligen Gehabes immer noch Dinge, vor denen er Angst hatte... Aber ich schwieg. Vielleicht, wenn man einmal den Gipfel erreicht hatte – und das hatte er zweifellos –, sah von dort oben alles anders aus. Wir verabredeten uns für später in der Bar, und ich überließ ihn seinem verzückten Publikum.

Während der nächsten vier Tage begegnete ich Sebastian Sibling auf Schritt und Tritt. Die *Queen Anne* hat ungefähr die Größe eines mittleren Wohnblocks, aber die Menschen neigen nun einmal dazu, sich an denselben Punkten

lish Bar, the ornate Look-Out Grill high up in the stern, the smoking room with its club chairs and oak-panelled walks. Sebastian Sibling held continuous court in all these places, and I watched and listened to him doing it. It was not a pleasant experience.

He seemed to be morbidly fascinated by his tax problems and their devious solution, and he gave us the benefit of his views for hours at a time. If he used the phrase "It would cost me seventy-five thousand pounds to land in England" once, he used it twenty times. Though he was still "technically" an Englishman, England was absolutely finished, he assured us. The tax structure was sheer robbery. A gentleman simply couldn't live there any more. They robbed the rich, and gave it to heaven-knows-whom. He was well out of it, living in the States, and he advised us all to do the same.

There was a dogged English journalist on board who took exception to this odious monologue, and said so. He tried to needle Sebastian Sibling about his patriotic films and gestures on behalf of England, compared with his unique bashfulness when it came to paying income tax for the privilege of citizenship. But he got nowhere. The man's self-assurance was unpunc-
62 turable.

63 "Do you remember that film you made about

zusammenzuballen – so wie hier in der Altenglischen Bar, in dem piekfeinen Aussichtsrestaurant hoch oben im Heck oder auch im Rauchsalon mit seinen Klubsesseln und den eichengetäfelten Wandelgängen. Sebastian Sibling hielt ununterbrochen Hof, mal hier, mal dort, und ich sah und hörte ihm dabei zu. Es war kein reiner Genuß.

Er schien geradezu krankhaft von seinen Steuerproblemen und Hinterziehungskniffen besessen zu sein und beglückte uns stundenlang mit seinen Ansichten. Wenn er einmal mit seiner Redensart: «Es würde mich 75 000 Pfund kosten, in England an Land zu gehen» anfing, so wiederholte er sie an die zwanzig Mal. Obwohl er sich «technisch» immer noch als Engländer bezeichne, sei England für ihn, so versicherte er uns, ein für allemal erledigt. Das Steuersystem sei nackter Straßenraub. Ein Gentleman könne es in diesem Lande einfach nicht mehr aushalten. Man plündere die Reichen aus, um weiß Gott welchen Leuten Geschenke zu machen. In den Staaten lebe er ungeschoren, und er rate uns allen, seinem Beispiel zu folgen.

An Bord befand sich auch ein dickfelliger Journalist, der zu diesem unausstehlichen Monolog in Widerspruch stand und sich dementsprechend äußerte. Er versuchte, Sebastian Sibling mit seinen patriotischen Filmen und Posen für England zu sticheln, die er seiner einzigartigen Schüchternheit gegenüberstellte, wenn es darauf ankam, Steuern für das Vorrecht seiner Staatsangehörigkeit zu zahlen. Aber er kam damit nicht weit. Das Selbstbewußtsein des Mannes war unverwundbar.

«Erinnern Sie sich noch an Ihren Film über die Luft-

the Battle of Britain?" asked the journalist at one point. "*The Threatening Sky*, wasn't it?"

"You bet I remember it!" answered Sebastian Sibling smugly. "It grossed three million dollars, and I had a percentage deal!"

"It ended, as I recall, with you standing on the white cliffs of Dover, reciting that thing from Shakespeare."

"'This sceptred isle?'" declaimed Sebastian Sibling suddenly, in a sonorous, carrying voice. "'This other Eden, demiparadise! This happy breed of men, this little world! This precious stone set in the silver sea! This blessed plot, this earth, this realm, this England!'"

Several people in the bar, deeply affected, turned aside to wipe away a furtive tear. Not so the journalist.

"Don't you believe that any more?" he asked bluntly.

"Of course I believe it," said Sebastian Sibling. "Historically, that is."

"But not strongly enough to make you want to go ashore at Southampton, and pay your share?"

"Not if it costs me seventy-five thousand pounds," smirked Sebastian Sibling. "There *is* a limit, you know. Catch me making that mistake!"

64 We anchored in Southampton Road, to transfer
65 our passengers to the waiting tender (among them

schlacht von England?» fragte der Journalist an einer Stelle ihres Gesprächs. «*Der drohende Himmel*, hieß er nicht so?»

«Und ob ich mich erinnere!» gab Sebastian selbstgefällig zurück. «Er hat drei Millionen Dollar brutto eingebracht, und ich hatte einen Prozentvertrag.»

«Er endete, wie ich mich entsinne, damit, daß Sie auf den weißen Klippen von Dover standen und das Dingsda von Shakespeare aufsagten.»

«‹Dies gekrönte Eiland›?» begann Sebastian Sibling plötzlich mit klangvoller, weithintragender Stimme zu deklamieren. «‹Dies zweite Eden, halbe Paradies! Dies Volk des Segens, diese kleine Welt! Dies Kleinod, in die Silbersee gefaßt! Der segensvolle Fleck, dies Reich, dies England!›»

Mehrere Leute in der Bar wandten sich tief beeindruckt ab, um eine heimliche Träne wegzuwischen. Nicht so der Journalist.

«Und daran glauben Sie jetzt nicht mehr?» fragte er unverhohlen.

«Freilich glaube ich daran», sagte Sebastian Sibling. «Historisch gesehen, ja!»

«Aber wohl nicht fest genug, um in Southampton an Land zu gehen und Ihr Scherflein zu zahlen?»

«Nicht, wenn es um 75 000 Pfund geht», grinste Sebastian Sibling. «Alles hat seine Grenzen, wissen Sie. Glauben Sie ja nicht, daß ich so eine Dummheit mache!»

Wir gingen in der Einfahrt nach Southampton vor Anker, um unsere Passagiere auf das wartende Landungs-

the journalist, with a foreboding gleam in his eye), and then we upped anchor again, and set off for Cherbourg. It was a blustery day, with poor visibility. The *Queen Anne* moved very slowly indeed, but the crunching shudder that went through her when she ran aground on Calshot Spit could be felt all over the ship.

There was no panic. Tugs arrived, and pulled us off again without much difficulty; the anchor was dropped, and divers went down to assess the damage, while the passengers crowded the rails or went inside to keep up their courage with Scotch highballs, Martinis, old brandy, gin-and-tonic, and loud talk about the perils of the deep. Sebastian Sibling was foremost in the latter area. The whole episode, he said, recalled his wonderful film about the Spanish Armada, in which he had played Sir Francis Drake (the winner), and saved England from frightful maritime disaster.

There was a stir in the Old English Bar as the *Queen Anne's* third officer came in, mounted the platform and held up his hand for silence.

"Here's the latest news, ladies and gentlemen," he announced, as soon as we were quiet. "The damage is very slight–just a few rivets, really–but we'll have to put back into Southampton. The company will of course arrange alternative transportation, by air, for all passengers going to Cherbourg."

boot umzuschiffen (mit ihnen ging, prophetisch glänzenden Auges, auch der Journalist). Dann wurde der Anker gelichtet, und wir nahmen Kurs auf Cherbourg. Es war ein böiger Tag, die Sicht war schlecht. Die *Queen Anne* fuhr nur sehr langsam, aber als sie an der Landzunge von Calshot auf Grund lief, war das knirschende Zittern, das sie durchschauerte, von einem Ende zum anderen zu spüren.

Es gab keine Panik. Bald erschienen Schlepper, die uns ohne große Mühe wieder flottmachten. Der Anker fiel, und Taucher gingen nach unten, um das Ausmaß des Schadens festzustellen, während sich die Passagiere an die Reling drängten oder nach innen begaben, um sich mit schottischem Whisky, Martini, altem Weinbrand, Gin-and-Tonic und lauten Debatten über die Gefahren der Tiefe Mut zu machen. Sebastian Sibling führte dabei das große Wort. Die ganze Episode, sagte er, erinnere ihn an seinen großartigen Film über die spanische Armada, in dem er den siegreichen Sir Francis Drake gespielt und England vor einer vernichtenden Niederlage auf See gerettet habe.

Es entstand ein Auflauf in der Altenglischen Bar, als der Dritte Offizier der *Queen Anne* hereinkam, auf das Podium stieg und mit der Hand Ruhe gebot.

«Ich bringe Ihnen die neuesten Nachrichten, meine Damen und Herren», verkündete er, sobald Stille eintrat. «Der Schaden ist sehr gering, eigentlich nur ein paar Nieten, aber wir müssen nach Southampton zurückfahren. Die Gesellschaft wird selbstverständlich dafür sorgen, daß alle nach Cherbourg reisenden Passagiere ersatzweise auf dem Luftwege befördert werden.»

I became aware that Sebastian Sibling was listening with unusual intentness and that, though the evening was cool, he seemed to be finding it unduly hot.

He stood up when the third officer finished speaking. "Won't the ship be going to Cherbourg, then?" he asked uncertainly.

"A little later," answered the third officer. "But we have to go into dry dock first. Just to fix things up."

"Dry dock?" stuttered Sebastian Sibling, shorn of his swagger at last.

"Yes," said the third officer, reassuringly. "The King George the Fifth dry dock, the second largest in the world. Luckily, it can just take us."

It was really quite a moment–for me, for a lot of my fellow-passengers, and possibly for the two watchful men in bowler hats who were waiting on the quayside–when, early next morning, the *Queen Anne,* all 80,000 tons of her (and with her, Sebastian Sibling), moved twelve hundred feet inland, to plant herself bodily and firmly on English soil.

Ich bemerkte, daß Sebastian Sibling mit ganz ungewöhnlicher Aufmerksamkeit zuhörte und daß es ihm trotz der abendlichen Kühle unverhältnismäßig schwül zu sein schien.

Er erhob sich, als der Dritte Offizier zu reden aufhörte. «Dann wird das Schiff also nicht nach Cherbourg fahren?» fragte er mit unsicherer Stimme.

«Doch, nur ein bißchen später», antwortete der Dritte Offizier. «Aber vorher müssen wir ein Trockendock anlaufen. Nur wegen ein paar kleiner Reparaturen.»

«Trockendock?» stotterte Sebastian Sibling, endlich kleinlaut geworden.

«Ganz richtig», erklärte der Dritte Offizier beschwichtigend. «Das Dock ‹Georg V.›, das zweitgrößte der Welt. Wir haben Glück, daß es uns gerade aufnehmen kann.»

Es war für mich, für eine große Zahl meiner Mitreisenden und vielleicht auch für die beiden wachsamen Herren, die mit ihren steifen Hüten auf der Kaimauer warteten, ein eindrucksvoller Augenblick, als am frühen Morgen des nächsten Tages die *Queen Anne* mit ihren 80 000 Tonnen und samt Sebastian Sibling an Bord vierhundert Meter landeinwärts dampfte, um sich mit ihrem ganzen Gewicht fest auf englischem Boden niederzulassen.

"Come along then, both," said Mrs Corfe. It had been the form of her call to tea at half-past six every evening for more than fifteen years. Perhaps it had lost some of its accuracy since Mr Corfe's stroke some four years before, but home would not have been the same without it; and, if Mrs Corfe's conception of 'home' was a trifle ill-defined, her determination that it should never be other than 'the same' was the central thread of all her actions and words.

There was nothing to upset her mother's love of sameness in her daughter's slow response to her call. It merely meant that Elsie had come home in one of her moods. There was a time, of course, before the war when Elsie had not had 'moods'. Indeed, there was a sort of tacit agreement between mother and daughter that the blackness of these moods should be indicated by the length of time that Elsie remained in her bedroom after the summons to meals. If, as on that evening, Mrs
70 Corfe had time to hoist her husband from his
71 chair and support him doll-like on his dangling

Angus Wilson: Höhere Maßstäbe

«Dann kommt mal her, ihr beiden», sagte Frau Corfe. Das waren die Worte, mit denen sie seit über fünfzehn Jahren jeden Abend um halb sieben Uhr zum Tee rief. Mag sein, daß ihr Ruf seit dem Schlaganfall von Herrn Corfe vor rund vier Jahren etwas von seiner Bestimmtheit verloren hatte, doch wäre ohne ihn Zuhause einfach nicht Zuhause gewesen; und war Frau Corfes Vorstellung von «Zuhause» wohl auch ein bißchen verschwommen, so zog sich ihre Entschlossenheit, daran ja nichts zu ändern, doch wie ein roter Faden durch all ihr Tun und Reden.

Diese Liebe der Mutter zum Gleichmaß ließ sich auch nicht durch die Langsamkeit erschüttern, mit der die Tochter ihrem Ruf Folge leistete, was ja doch nur bedeutete, daß Elsie wieder einmal mißgelaunt nach Hause gekommen war. Ja früher, vor dem Krieg, hatte es einmal eine Zeit gegeben, in der Elsie noch keine «Launen» kannte. Nun aber bestand zwischen Mutter und Tochter eine Art von stillschweigendem Übereinkommen, wonach die Schwärze dieser Launen sich an der Länge der Zeit messen ließ, die Elsie nach dem Ruf zum Essen auf ihrem Zimmer verweilte. Fand Frau Corfe, wie heute abend, Zeit, ihren Mann aus seinem Stuhl hochzuhieven und wie eine Gliederpuppe

legs to the loaded table, before her daughter appeared at the foot of the stairs peering myopically with refined distaste at the jelly and the jam puffs, then it was clearly one of Elsie's bad evenings. Not that this particularly distressed Mrs Corfe, for it allowed her to say brightly, "Waiting for late folk never made an egg fresher or the tea hotter."

Elsie's rejoinder to the implied moral rebuke was æsthetic. She carefully removed one by one from the overcrowded table the many half empty pots of jam and bottles of sauce without which her mother felt the evening meal to be incomplete. Then, going to the mirror, she set the little lemon *crêpe de Chine* scarf she wore in the evenings into pretty artistic folds; she further asserted her more refined canons of taste by loosening the beech leaves in the vase on the mantelpiece. Such autumn decoration was the sole incursion on the more traditional furnishing of the parlour that her rebellion had ever achieved. Her mother's revenge came each morning when she crammed the branches back into the vase.

Boiled eggs in egg-cups shaped like kittens and roosters were followed by a 'grunter', a traditional local dish to which, under the stress of rationing, Mrs Corfe had become increasingly attached. Originally designed as a baked suet roll to contain strips of pork or bacon, it had become a convenient

auf baumelnden Beinen an den gedeckten Tisch zu führen, bevor ihre Tochter am Fuß der Treppe erschien, um mit kurzsichtigem Auge und vornehmem Ekel die Geleespeise und die Marmeladeröllchen zu mustern, dann hatte Elsie offensichtlich einen ihrer schlechten Abende. Nicht daß dies Frau Corfe sonderlich betrübt hätte, erlaubte es ihr doch, heiteren Tones zu bemerken: «Auf Nachzügler warten hat noch kein Ei frischer und noch keinen Tee heißer gemacht.»

Elsies Erwiderung auf die indirekte Rüge war ästhetischer Art. Sie räumte von dem überladenen Tisch behutsam und hübsch nacheinander die vielen halbleeren Konfitürentöpfe und Soßenflaschen ab, ohne die nach dem Empfinden ihrer Mutter die Abendmahlzeit unvollständig war. Darauf trat sie an den Spiegel und legte ihren kleinen zitronengelben Schal aus Crêpe de Chine, den sie am Abend trug, in hübsche, kunstvolle Falten. Schließlich brachte sie ihr verfeinertes Geschmacksniveau auch noch damit zur Geltung, daß sie die Buchenzweige in der Kaminvase auflockerte. Dieser Herbstschmuck war der einzige Einbruch in den eher hausbackenen Einrichtungsstil des Wohnzimmers, den ihre Auflehnung je erzwungen hatte. Die Rache ihrer Mutter kam jeden Morgen, wenn sie die Zweige in die Vase zurückstopfte.

Auf weichgekochte Eier, in kätzchen- und hähnchenförmigen Eierbechern serviert, folgte ein «Grunzschweinchen», eine lokale Spezialität, an der Frau Corfe unter dem Druck der Sparmaßnahmen immer mehr Gefallen gefunden hatte. Ursprünglich als Rinderfettpastete mit einer Füllung aus Schweinefleisch und Speck gedacht, war es zu einem

receptacle for all unattractive scraps. Mrs Corfe, however, retained the humour of the tradition by inserting two burnt currants for the pig's eyes and a sprig of parsley for its tail.

Elsie, like her mother in so many things, shared her love of quaint local customs; but the 'grunter' was a whimsy against which her stomach had long revolted at the end of a tiring day's teaching. She selected three brussel-sprouts and, cutting them very exactly into four parts each, chewed them very carefully with her front teeth. Mrs Corfe ate heartily, continually spearing fresh pieces of the 'grunter' with her knife. The noise of her mother's feeding brought to Elsie's pale features a fixed expression of attention to higher things.

Neither her daughter's aura of self-pity nor her own preoccupation with feeding in any way inhibited Mrs Corfe's continuous flow of talk. After a day of housework and sick nursing, she looked forward to her daughter's return with a greed that was almost physical. To scatter the weariness and frustration of life's daily round in an evening's censorious gossip, to indulge herself in little disapproving jokes about less thrifty, less respectable neighbours seemed the least that so many years of godly living and duty and deadening physical labour might be expected to give to a tired old woman. It was perhaps her only real grudge against Elsie that the girl refused to apply to her

bequemen Sammelbecken für alle unansehnlichen Reste geworden. Allerdings wahrte Frau Corfe die herkömmliche humoristische Note, indem sie dem Schwein zwei Rosinen als Augen und ein Büschel Petersilie als Schwanz einsetzte.

Elsie, die ihrer Mutter in gar vielen Dingen glich, teilte mit ihr auch die Vorliebe für kurioses, ortsübliches Brauchtum; aber das «Grunzschweinchen» war ein Machwerk, gegen das nach einem anstrengenden Unterrichtstag ihr Magen schon seit langem streikte. Sie suchte sich drei Rosenköhlchen aus, schnitt sie haargenau in je vier Teile und zerkaute sie bedächtig mit den Vorderzähnen. Frau Corfe aß mit Lust, wobei sie unablässig neue Happen vom «Grunzschweinchen» auf ihr Messer spießte. Die Eßgeräusche ihrer Mutter verliehen Elsies blassen Gesichtszügen einen starren Ausdruck der Hinwendung zu höheren Dingen.

Weder die Atmosphäre der Selbstbemitleidung, die von ihrer Tochter ausging, noch ihr eigener Eifer beim Essen konnte Frau Corfes unaufhörlichen Redefluß in irgendeiner Weise behindern. Nach einem Tagewerk voller Hausarbeit und Krankenpflege sah sie der Rückkehr ihrer Tochter mit einer fast körperlichen Gier entgegen. Wenn sie die Müdigkeit und Enttäuschung des täglichen Einerleis am Abend durch ein bißchen scharfgewürzten Tratsch abzuschütteln versuchte und sich kleine, abfällige Witze über die weniger sparsamen und ehrbaren Nachbarn erlaubte, so schien das doch das Mindeste, was so viele Jahre gottgefälligen Lebens, steter Pflichterfüllung und abstumpfender körperlicher Arbeit einer müden alten Frau schuldig waren. Vielleicht das einzige, was sie Elsie wirklich übel-

jaded nerves the sharp restorative of a little vinegary talk about her neighbours. How soon these black moods would pass from her daughter, she reflected, if only she would allow herself the soothing easement of village scandal or discharge the heavy burdened soul in a righteous jibe or two.

"Carters have refused to serve 'The Laurels' again," she said. "The woman's half distracted. It's nice enough to have grand folk from London coming for the week-end; it's another thing to feed them from an empty larder. Oh!" she drew in her breath with disapproving relish. "The woman's been on the telephone all day to the other shops. She'll make use of *that* at any rate until it's cut off. But for any effect it's had, she might have saved her breath. On *one* tradesman's black books, on *all*. There might be a pint of milk and a plate of porridge for the city folks *if* they're lucky," she paused for a second and then added, "And there might not. But still she's got her fur coat to keep her warm outside, if there's no soup to cheer the inner man."

Elsie tried hard not to envy Mrs Hardy her musquash. She pictured as vividly as she could the vulgarity, the terrible, clashing bright colours of the drawing-room at 'The Laurels' when she attended the Red Cross committee meetings there. But it was no good, she wanted the fur coat.

nahm, war, daß sie ihren mitgenommenen Nerven die drastische Stärkung einer kleinen gepfefferten Unterhaltung über ihre Nachbarn versagte. Wie schnell würden ihre düsteren Stimmungen verfliegen, dachte die Mutter, wenn sie sich nur der beruhigenden und befreienden Wirkung eines Dorfskandals überließe oder ihrem schweren Herzen mit ein, zwei gehörigen Bissigkeiten Luft machen würde.

«Carters haben sich geweigert, die vom ‹Lorbeerhaus› weiter zu beliefern», sagte sie. «Das Frauenzimmer ist halb verrückt. Es ist freilich eine feine Sache, hohe Herrschaften aus London über das Wochenende einzuladen; wie man sie aber aus einer leeren Speisekammer verköstigen soll, das steht auf einem anderen Blatt. Oh!» genüßlich mäkelnd schöpfte sie Atem, «die Frau hing den ganzen Tag am Telephon, um andere Geschäfte anzurufen. Das nutzt sie halt tüchtig aus, bevor man es ihr sperrt. Aber für *den* Erfolg hätte sie sich ihre Worte sparen können. Bei *einem* Kaufmann unten durch, bei *allen* unten durch. Vielleicht springen noch ein halber Liter Milch und ein Teller Haferbrei für die Stadtleute heraus, wenn sie Glück haben.» Sie machte eine kleine Pause, dann sagte sie: «Vielleicht auch nicht. Aber sie hat ja noch ihren Pelzmantel, um sich äußerlich zu wärmen, wenn schon keine Suppe, um sich innerlich zu stärken.»

Elsie bemühte sich redlich, Frau Hardy nicht um ihren Bisammantel zu beneiden. Sie stellte sich möglichst lebhaft die Spießigkeit, die abscheulich grellen und sich beißenden Farben ihres Salons vor, den sie von ihrer Teilnahme an den Sitzungen des Rotkreuzkomitees her kannte. Aber es half nichts, es gelüstete sie nach dem Mantel.

Mrs Corfe tried another tack. If the punishment of the godless brought no comfort, then the distresses of the back-sliding would surely answer.

"It's been a day of wonders at the Fitchetts'," she announced with mock solemnity. "At eight o'clock our Bess had won ten thousand on the Pools. It was *pounds* then, but when the morning post brought nothing, it was down to shillings. All the same the old man quite bit Miss Rennett's head off when she mentioned principles. Nothing against Pools in The Book, it seems. But when the afternoon post went by, there was quite a change around. Nasty, ungodly things the Pools. Mrs Fitchett's given our Bess a talking to, so we'll have *her* yellow bonnet back in Chapel next Sunday. Ah! well, it takes more than the Fitchetts and such turnabouts to change the ways of old Nick."

Elsie remembered the lecture she had given to Standard Four only that morning against gambling. Television and Pools and Space Robots, that was all the children of to-day thought about. But somewhere at the back of her vision a tall, dark stranger leaned over to loosen her sable wrap for her as she settled herself in the gondola.

"How heavenly St Mark's looks to-night," she said with exquisite taste, and, "*Our* St Mark's," he replied.

Of course, the Pools were a terrible drain on the nation's decency, but . . .

Frau Corfe probierte es auf eine andere Tour. Wenn die Züchtigung der Gottlosen keinen Trost gewährte, dann mußten eben die Nöte der Strauchelnden herhalten.

«Das war heute bei Fitchetts ein Tag der Zeichen und Wunder», verkündete sie mit gespielter Feierlichkeit. «Um acht Uhr hatte unsere Bess zehntausend im Toto gewonnen. Erst waren es Pfund, aber als die Morgenpost nichts brachte, waren es nur noch Schillinge. Trotzdem: der Alte hätte Fräulein Rennett fast den Kopf abgebissen, als sie von Grundsätzen sprach. In der Bibel steht wohl nichts gegen das Toto. Doch als die Nachmittagspost auch vorbeiging, sah die Sache anders aus. Ein widerwärtiges, ruchloses Zeug, das Toto. Frau Fitchett hat nun unserer Bess die Leviten gelesen, so daß wir wenigstens *ihren* gelben Hut nächsten Sonntag wieder in der Kirche sehen werden. Ach ja, es braucht eben mehr als die Fitchetts und solche unsicheren Kantonisten, um die Wege des Leibhaftigen zu ändern.»

Elsie erinnerte sich an die Predigt, die sie in der vierten Klasse erst heute morgen gegen das Glücksspiel gehalten hatte. Fernsehen, Toto und Weltall-Roboter, das war alles, woran die Kinder heutzutage dachten. Doch irgendwo im Hintergrund ihrer Gedanken beugte sich ein großer, dunkler Unbekannter über sie, um ihr den Zobelpelz zu lockern, während sie in der Gondel Platz nahm.

«Wie himmlisch San Marco heute abend aussieht», sagte sie mit erlesenem Schönheitssinn, worauf er antwortete: «*Unser* San Marco.»

Selbstverständlich war das Toto eine furchtbare Belastung für die Moral des Volkes, aber andererseits...

Mrs Corfe was playing her last card now in the macabre vein. She had almost finished the jelly, and soon it would be time to put Father to bed, so there was not a moment to lose if the evening was to bring any cosy exchange.

"They doubt," she said, "if old Mary will last the night. The poor old soul's been wandering terribly, and bringing up every scrap she's taken...."

But Elsie had endured enough of the sordid aspects of life. She leaned across the table, speaking very distinctly:

"And what did *you* do to-day, Father?" she asked.

A twitch of anger shot through Mrs Corfe's wrinkled cheek. Now that *was* selfish of Elsie, selfish and thoughtless. Her father who had been such a fine man, so hard-working and thrifty, and such a splendid lay preacher, too, for all that he'd had no education. What had he *done* to-day, indeed? What *could* he do since this wicked thing had struck him? And what indeed could *she* do but keep him neat and clean before their neighbours as he would have wished.

"Well, gel," Mr Corfe replied, "I sat up at back window and watched the fowls. It's a wonder the way that crookity-backed one gets the scraps.
80 Why should *she* have had the crooked back, I
81 asked myself. Oh, the ways of Providence are

Da spielte Frau Corfe ihre letzte Karte aus: es war eine makabre. Sie hatte ihre Geleespeise fast aufgegessen. Bald war es Zeit, Vater zu Bett zu bringen, so daß kein Augenblick mehr zu verlieren war, wenn der Abend noch irgendeinen gemütlichen Meinungsaustausch bringen sollte.

«Man bezweifelt», sagte sie, «ob die alte Mary die Nacht überleben wird. Die arme alte Seele hat schrecklich phantasiert und jeden Bissen, den sie gegessen hat, wieder erbrochen...»

Aber nun hatte Elsie genug der Nachtseiten des Lebens über sich ergehen lassen. Sie beugte sich über den Tisch und fragte sehr deutlich artikulierend:

«Und was hast *du* heute getan, Vater?»

Frau Corfe verzog in plötzlichem Zorn ihr verrunzeltes Gesicht. Wenn das nicht selbstsüchtig von Elsie war, selbstsüchtig und rücksichtslos! Ihr Vater, der ein so feiner Mann gewesen war, so fleißig und sparsam, und dazu ein so glänzender Laienprediger, obwohl er keinerlei Ausbildung genossen hatte – was sollte er heute schon getan haben? Was konnte er überhaupt tun, seit ihm das Unglück passiert war? Und was konnte schließlich sie selbst anderes tun als ihn vor den Augen ihrer Nachbarn ordentlich und sauber halten, wie er es sich gewünscht hätte.

«Ja nun, Mädchen», antwortete Herr Corfe, «ich hab am hinteren Fenster gesessen und den Hühnern zugeschaut. Es ist ein Wunder, wie das verkrüppelte Huhn sich die Brokken holt. Warum muß ausgerechnet dieses eine einen Bukkel haben, hab ich mich gefragt. Oh, die Ratschlüsse Gottes sind unerforschlich: das sind nun alles Hühner, und

strange: all they fowls and only one crookity backed, and yet she gets her share. There's a thing to think upon, and to talk upon ..."

"Yes, yes, indeed," said Mrs Corfe, "but not now." It shamed her that her husband who had always been so clear in his thoughts, so upstanding, should at last wander so unsuitably in his words. Elsie, too, felt the need to protect her father from what his failing body had made him; and so, when her mother began to question her on the events at school that day, she forced herself to answer.

"It's been a Standard IV day for you I know, my girl, by your tired looks," said Mrs Corfe. And when Elsie began to recount the exploits of that famous undisciplined class, her mother listened avidly. Such sad happenings, such examples of human frailty in the nearby town, were second only to village misdemeanours in her catalogue of pleasures.

"Ah! the Mardykes, I thought they'd be somewhere in it. There's a couple of old Nick's own that'll come to sorry ends," she said with fervour, when Elsie mentioned the notorious bad boys of the form. "And the woman had sent them out with nothing but a rumble in their stomachs for breakfast, I'll be bound." It was the fecklessness
82 of city workers that so fascinated Mrs Corfe. And
83 then, as though her bitterness had sated itself, she

nur eins davon ist verkrüppelt, und trotzdem kriegt es seinen Teil. Es lohnt sich, einmal darüber nachzudenken, darüber zu sprechen...»

«Ja, ja, sehr richtig», sagte Frau Corfe, «aber nicht jetzt.» Sie schämte sich, daß ihr Mann, der immer so klar in seinen Gedanken und so würdevoll gewesen war, jetzt auf einmal so unziemlich durcheinanderredete. Auch Elsie empfand das Bedürfnis, ihren Vater vor dem zu beschützen, was sein nachlassender Gesundheitszustand aus ihm gemacht hatte. Daher zwang sie sich zu antworten, als ihre Mutter sie auszufragen begann, was den Tag über alles in der Schule vorgefallen war.

«Du hattest heute sicher wieder die vierte Klasse, mein Kind, das sehe ich deinem müden Gesicht an», sagte Frau Corfe. Und als Elsie von den Streichen dieser berüchtigten Flegelklasse zu erzählen anfing, hörte ihre Mutter begierig zu. Solche traurigen Begebenheiten, solche Beispiele menschlicher Schwachheit in der nahen Stadt standen in der Rangordnung ihrer Genüsse gleich hinter den Fehltritten der Dorfnachbarn an zweiter Stelle.

«Aha! Die Mardykes, das dachte ich mir gleich, daß die mit dabei sein würden. Mit diesen Satansbraten wird es noch ein schlimmes Ende nehmen», ereiferte sie sich, als Elsie die notorischen schwarzen Schafe der Klasse erwähnte. «Und die Alte hat sie todsicher wieder mit knurrenden Mägen in die Schule geschickt.» Die Liederlichkeit der Arbeiter in der Stadt war etwas, das Frau Corfe besonders lebhaft beschäftigte. Aber gleich darauf setzte sie, als hätte ihre Erbitterung einen Sättigungspunkt erreicht, hinzu:

added, "You must take them some apples to-morrow, Elsie. They're a couple of comics if ever there were any."

"Miss Teasdale's away with the flu," said Elsie, "so I've got *her* handful to deal with, too."

"And why can't they get a Supply in?" asked her mother impatiently.

"Supply teachers need notification. Why do you use words you don't understand?" Elsie asked angrily.

It was lucky that noises in the village street came so suddenly to prevent a family quarrel. Shrill whistles could be heard, loud shouting, the sharp swerve of bicycle wheels followed by guffaws of coarse laughter.

"H'm," said Mrs Corfe. "Well, there's *our* Standard IV anyway." It was their favourite name for the youths who nightly rode the length of the village street to call after girls.

Half an hour later when Elsie went to the pillar-box with a letter to an old friend of her Teachers' Training College days, a group of these young men were leaning on the nearby fence. Well! she thought, Bill Daly and Jim Soker among them, they ought to be ashamed wasting their time like that. At their age, too. Why, Jim was a year older than herself, quite twenty-six. She was about to
84 pass by with her usual self-conscious, majestic
85 disregard, when her loneliness was shot through

«Du mußt ihnen unbedingt morgen ein paar Äpfel mitbringen, Elsie. Drollige Kerle sind sie ja, das muß man ihnen lassen.»

«Miß Teasdale hat Grippe und fehlt», sagte Elsie, «jetzt habe ich ihre Rasselbande auch noch am Hals.»

«Und warum stellen sie keine Aushilfe ein?» fragte ihre Mutter ungeduldig.

«Aushilfslehrkräfte müssen erst einmal angefordert werden. Warum redest du von Dingen, die du nicht verstehst?» brauste Elsie auf.

Zum Glück erhob sich in diesem Augenblick auf der Dorfstraße ein Lärm, der den drohenden Familienstreit verhinderte. Schrille Pfiffe und lautes Gejohle ertönten, dazu das kreischende Radieren von Fahrradreifen und roh wieherndes Gelächter.

«Hm», meinte Frau Corfe, «das jedenfalls ist *unsere* vierte Klasse.» Dies war ihre Lieblingsbezeichnung für die jungen Burschen, die abends auf ihren Rädern die Dorfstraße unsicher machten und den Mädchen nachriefen.

Als Elsie eine halbe Stunde später zum Briefkasten ging, um einen Brief an eine alte Freundin aus der Zeit der Lehrerbildungsanstalt aufzugeben, lehnte gerade eine Gruppe dieser jungen Leute am Nachbarszaun. Sieh mal einer an, dachte sie, Bill Daly und Jim Soker sind auch dabei; die sollten sich schämen, ihre Zeit so zu vertrödeln. Noch dazu in ihrem Alter. Jim war immerhin ein Jahr älter als sie, also schon sechsundzwanzig. Sie wollte eben mit ihrer halb befangenen, halb hoheitsvollen Nichtbeachtung an ihnen vorbeigehen, als sie in ihrer Einsamkeit eine

with an aching for those childhood days before awakening prudery and her scholarship to the 'County' had cut her off from the village Standard IV. She paused for a moment at the pillar-box and looked back at them. One of the younger boys let out a wolf whistle, but Bill Daly stopped him short.

"Hallo, Elsie," he said in the usual imitation American, "how about a little walk?"

The retort came easily to Elsie's lips, "Does teacher know you're out of school, Bill Daly?" she said; but the words came strangely–not in her customary schoolmarm tone, but with a long-buried, common, cheeky giggle. She even smiled and waved, and her walk as she left them was almost tarty in its jauntiness. She was tempted to look back, but another wolf whistle recalled her to her superior taste, her isolated social position in the village.

Mrs Corfe had her old black outdoor coat on, when Elsie returned.

"Who was that you were talking to?" she asked.

"Oh! Standard IV," Elsie answered, "Bill Daly was there. He ought to be ashamed fooling about like that at his age."

"Well, it's lucky there are folks with *higher* standards," said her mother. "Father's not too
86 good," she added, "the grunter 's turned on him.
87 I'm just off down to old Mary's. I've promised to

plötzliche Sehnsucht nach den Tagen ihrer Kindheit verspürte, nach der Zeit, als die erwachende Prüderie und ihr Stipendium an der Kreisschule sie noch nicht aus dieser Dorfjugend ausgeschlossen hatten. Sie verweilte einen Augenblick beim Briefkasten und blickte sich nach ihnen um. Einer der jüngeren Burschen ließ einen beifälligen Pfiff ertönen, aber Bill Daly gebot ihm Einhalt.

«Hallo, Elsie», sagte er in dem üblichen nachgeäfften Amerikanisch, «wie wär's mit einem kleinen Spaziergang?»

Die Antwort kam Elsie leicht über die Lippen. «Weiß das Fräulein Lehrerin, daß du die Schule schwänzst, Bill Daly?» fragte sie; aber die Worte klangen seltsam – nicht gouvernantenhaft wie sonst, sondern von einem lang verschütteten, gar nicht sehr feinen, frechen Kichern begleitet. Sie lächelte sogar und winkte, und als sie zurückging, war ihr Gang geradezu aufreizend keß. Es lockte sie, zurückzublicken, aber ein weiterer Pfiff erinnerte sie an ihren feineren Geschmack und an ihre isolierte gesellschaftliche Stellung im Dorf.

Frau Corfe hatte ihren alten schwarzen Einkaufsmantel an, als Elsie zurückkam.

«Mit wem hast du denn gesprochen?» fragte sie.

«Oh, mit unserer Vierten», gab Elsie zur Antwort. «Bill Daly war auch dabei. Er sollte sich schämen, in seinem Alter so herumzualbern.»

«Na ja», sagte ihre Mutter, «es ist nur ein Glück, daß es noch Leute mit höheren Maßstäben gibt. Vater geht es nicht sehr gut», setzte sie hinzu, «das ‹Grunzschweinchen› ist ihm nicht bekommen. Ich gehe eben nur zur alten Mary.

sit with the poor creature. It may help to keep the bogies away."

Elsie's outing seemed to have softened her mood. She touched her mother's arm. "You do too much for them all," she said.

"Oh! well," Mrs Corfe replied gruffly, "if the poor won't help the poor, I'd like to know who will. I don't like leaving your father though. . . ."

Through the flat acceptance of their life implied in her mother's tone came once more the wolf whistles and guffaws, and mingled with them now the high giggle of the village girls. Elsie's laugh was hard and hysterical. "Oh! don't fuss, so, mother," she cried, "I'll sit up with father. You haven't got a monopoly of higher standards, you know."

Ich habe dem armen Ding versprochen, mich zu ihr zu setzen. Das hilft vielleicht die Gespenster vertreiben.»

Elsies kleiner Ausflug schien ihre Mißstimmung besänftigt zu haben. Sie faßte ihre Mutter beim Arm. «Du tust zu viel für sie alle», sagte sie.

«Ach was», gab Frau Corfe barsch zurück, «wenn die Armen den Armen nicht mehr helfen, wer soll es dann tun? Allerdings lasse ich Vater nicht gern allein ...»

Durch die nüchtern und resigniert klingende Stimme ihrer Mutter gellte erneut das Gepfeife und Gelächter, in das sich nunmehr das schrille Kichern der Dorfmädchen mischte. Elsies Lachen klang hart und hysterisch. «Oh, mach dir keine Gedanken, Mutter», rief sie, «ich werde schon auf Vater aufpassen. Schließlich hast du ja nicht die höheren Maßstäbe für dich allein gepachtet.»

I first met Private Quelch at the training depot. A man is liable to acquire in his first week of Army life–together with his uniform, rifle and equipment–a nickname. Anyone who saw Private Quelch, lanky, stooping, frowning through horn-rimmed spectacles, understood why he was known as the Professor. Those who had any doubts on the subject lost them after five minutes' conversation with him.

I remember the first lesson we had in musketry. We stood in an attentive circle while a sergeant, a man as dark and sun-dried as raisins, wearing North-West frontier ribbons, described the mechanism of a Service rifle.

"The muzzle velocity, or speed at which the bullet leaves the rifle," he told us, "is well over two thousand feet per second."

A voice interrupted. "Two thousand, four hundred and forty feet per second." It was the Professor.

"That's right," the sergeant said without enthusiasm, and went on lecturing. When he had fin-

Alexander Baron: Der Mann, der zu viel wußte

Ich begegnete dem Schützen Quelch zum ersten Mal im Ausbildungslager. In der ersten Woche beim Kommiß bekommt ein Rekrut neben Uniform, Gewehr und sonstiger Ausrüstung auch leicht einen Spitznamen verpaßt. Jedem, der den Schützen Quelch sah, wie er schmächtig und vornübergebeugt scharf durch eine Hornbrille blickte, war es klar, warum er der Professor genannt wurde. Wer noch einen diesbezüglichen Zweifel hatte, verlor ihn nach fünf Minuten Unterhaltung mit ihm.

Ich erinnere mich an unseren ersten Schießunterricht. Wir standen aufmerksam im Kreise, während ein Feldwebel, von der Sonne gebräunt und gedörrt wie eine Rosine, mit Ordensbändern für Einsatz in Nordwest-Indien auf der Brust, den Mechanismus eines Armee-Karabiners erklärte.

«Die Mündungsgeschwindigkeit, das heißt die Geschwindigkeit, mit der das Geschoß den Lauf verläßt», führte er aus, «liegt weit über 600 Metern pro Sekunde.»

«744 Meter pro Sekunde», unterbrach eine Stimme. Es war die des Professors.

«Stimmt», sagte der Feldwebel mit wenig Begeisterung und fuhr in seinem Vortrag fort. Als er fertig war, stellte

ished, he put questions to us; and, perhaps in the hope of revenge, he turned with his questions again and again to the Professor. The only result was to enhance the Professor's glory. Technical definitions, the parts of the rifle, its use and care, he had them all by heart.

The sergeant asked, "You had any training before?"

The Professor answered with a phrase that was to become familiar to all of us. "No, Sergeant. It's all a matter of intelligent reading."

That was our introduction to him. We soon learned more about him. He saw to that. He meant to get on, he told us. He had brains. He was sure to get a commission, before long. As a first step, he meant to get a stripe.

In pursuit of his ambition he worked hard. We had to give him credit for that. He borrowed training manuals and stayed up late at nights reading them. He badgered the instructors with questions. He drilled with enthusiasm, and on route marches he was not only miraculously tireless but infuriated us all with his horrible heartiness. "What about a song, chaps?" is not greeted politely at the end of thirty miles. His salute at the pay table was a model to behold. When officers were in sight he would swing his skinny arms and march to the canteen like a Guardsman.

er uns Fragen; und, vielleicht in der Hoffnung sich zu rächen, wandte er sich mit seinen Fragen immer wieder an den Professor, mit dem einzigen Erfolg, den Ruhm des Professors immer heller erstrahlen zu lassen. Technische Beschreibungen, die Teile des Gewehrs, sein Gebrauch und seine Pflege, er hatte einfach alles auswendig im Kopf.

Schließlich fragte der Feldwebel: «Sie haben wohl schon einmal eine Ausbildung mitgemacht?»

Der Professor antwortete mit einem Satz, der uns allen geläufig werden sollte: «Nein, Herr Feldwebel, das ganze ist nur intelligente Lesetechnik.»

Das war unsere erste Kostprobe von ihm. Bald aber lernten wir ihn näher kennen. Er sorgte dafür. Er wollte vorwärts kommen, sagte er uns. Er hatte Köpfchen. Sicher würde er bald Offizier werden. Vorläufig hatte er es auf einen Streifen abgesehen.

Um sein ehrgeiziges Ziel zu verfolgen, ging er hart an die Arbeit, das mußte man ihm lassen. Er borgte sich Ausbildungsvorschriften und las bis spät in die Nacht. Er piesackte die Ausbilder mit Fragen. Er exerzierte mit Begeisterung und zeigte auf Übungsmärschen nicht nur eine ans Wunderbare grenzende Unermüdlichkeit, sondern brachte uns alle mit seiner grauenhaften Herzlichkeit zur Raserei. «Wie wär's mit einem Lied, Kameraden?» ist keine Frage, die nach rund 50 Kilometern Marsch mit einer höflichen Aufnahme rechnen kann. Sein Grüßen beim Soldempfang war ein exemplarischer Anblick. Wenn Offiziere in Sichtweite waren, fing er an seine mageren Arme zu schwingen und marschierte zur Kantine wie ein Gardesoldat.

And day in, day out, he lectured to us in his droning, remorseless voice on every aspect of human knowledge. At first we had a certain respect for him, but soon we lived in terror of his approach. We tried to hit back at him with clumsy sarcasms and practical jokes. The Professor scarcely noticed; he was too busy working for his stripe.

Each time one of us made a mistake the Professor would publicly correct him. Whenever one of us shone, the Professor outshone him. When, after a hard morning's work cleaning out our hut, we listened in silence to the Orderly Officer's praise, the Professor would break out with a ringing, dutifully beaming, "Thank you, sir!" And how superior, how condescending he was! It was always, "Let me show you, old fellow," or, "No, you'll ruin your rifle that way, old man."

We used to pride ourselves on aircraft recognition. Once, out for a walk, we heard the drone of a 'plane flying high overhead. None of us could even see it in the glare of the sun. Without even a glance upward the Professor announced, "That, of course, is a North American Harvard Trainer. It can be unmistakably identified by the harsh engine note, due to the high tip speed of the airscrew."

What could a gang of louts like us do with a man like that?

Und tagaus tagein belehrte er uns mit seiner dröhnenden, unerbittlichen Stimme auf allen Gebieten menschlichen Wissens. Zuerst empfanden wir eine gewisse Achtung vor ihm, aber bald brauchte er sich nur zu nähern, um uns in Angst und Schrecken zu versetzen. Wir versuchten, mit plumpen Sticheleien und Streichen zurückzuschlagen, doch der Professor bemerkte es kaum; er war zu eifrig hinter seinem Streifen her.

Jedesmal, wenn einer von uns einen Fehler machte, pflegte ihn der Professor öffentlich zu korrigieren. Jedesmal, wenn einer von uns glänzte, stellte ihn der Professor in den Schatten. Wenn wir uns, lahm vom morgendlichen Schrubben unserer Baracke, schweigend die anerkennenden Worte des Offiziers vom Dienst anhörten, brach der Professor in ein lautes, dienstfreudiges: «Danke, Sir!» aus. Und wie überlegen, wie herablassend er war! Das war ein fortwährendes: «Laß dir's mal zeigen, alter Junge», oder: «Nein, so machst du nur deine Knarre kaputt, mein Bester».

Wir waren ordentlich stolz auf unsere Fähigkeiten im Flugzeugerkennen. Einmal hörten wir auf einem Spaziergang das Brummen einer in großer Höhe fliegenden Maschine. Keiner von uns konnte sie in dem gleißenden Licht der Sonne auch nur sehen. Da verkündete der Professor, ohne den Kopf zu heben: «Das ist natürlich eine North American Harvard-Schulmaschine. Sie ist einwandfrei an ihrem harten Motorengeräusch zu erkennen, das von der hohen Drehzahl des Propellers herrührt.»

Was konnte ein Haufen Tölpel wie wir gegen einen solchen Mann ausrichten?

None of us will ever forget the drowsy summer afternoon which was such a turning-point in the Professor's life.

We were sprawling contentedly on the warm grass while Corporal Turnbull was taking us in a lesson on the hand grenade.

Corporal Turnbull was a young man, but he was not a man to be trifled with. He had come back from Dunkirk with all his equipment correct and accounted for and his pet kitten in his pocket. He was our hero, and we used to tell each other that he was so tough that you could hammer nails into him without his noticing it.

"The outside of a grenade, as you can see," Corporal Turnbull was saying, "is divided up into a large number of fragments to assist segmentation–"

"Forty-four."

"What's that?" The corporal looked over his shoulder.

"Forty-four segments." The Professor beamed at him.

The corporal said nothing, but his brow tightened. He opened his mouth to resume.

"And by the way, Corporal." We were all thunderstruck. The Professor was speaking again. "Shouldn't you have started off with the five characteristics of the grenade? Our instructor at
96 the other camp always used to, you know."

97 In the silence that followed, a dark flush stained

Keiner von uns wird je den einschläfernden Sommernachmittag vergessen, der für das Leben des Professors die große Wende bedeutete.

Wir rekelten uns zufrieden auf dem warmen Gras, während Unteroffizier Turnbull uns einen Vortrag über die Handgranate hielt.

Unteroffizier Turnbull war ein junger Mann, mit dem jedoch nicht gut Kirschen essen war. Er war von Dünkirchen zurückgekommen, mit vorschriftsmäßiger und vollzähliger Ausrüstung und samt Maskottchen in der Tasche. Er war unser Held; nach Meinung aller war er so zäh und hart, daß es ihm gar nicht aufgefallen wäre, wenn man ihm Nägel ins Fleisch getrieben hätte.

«Der Granatkörper, wie Sie hier sehen», erklärte Unteroffizier Turnbull, «ist in eine große Zahl von Einzelstücken aufgeteilt, um die Splitterwirkung zu erhöhen...»

«Vierundvierzig!»

«Was gibt's?» Der Unteroffizier sah irritiert über die Schulter.

«Vierundvierzig Teilflächen», strahlte ihn der Professor an.

Der Unteroffizier schwieg, aber seine Brauen zogen sich zusammen. Dann öffnete er den Mund, um fortzufahren.

«Übrigens, Herr Unteroffizier!» Wir waren wie vom Donner gerührt. Der Professor sprach weiter. «Hätten Sie nicht besser mit den fünf Hauptmerkmalen der Handgranate anfangen sollen? Unser Ausbilder im anderen Lager hat es nämlich immer so gemacht.»

In der folgenden Stille färbte ein dunkles Rot das ge-

the tan of the corporal's face. "Here," he said at last. "You give this lecture!" As if afraid to say any more, he tossed the grenade to the Professor. Quite unabashed, Private Quelch climbed to his feet and with the air of a man coming into his birthright gave us an unexceptionable lecture on the grenade.

The squad listened in a cowed, horrified kind of silence. Corporal Turnbull stood and watched, impassive except for a searching intentness of gaze. When the lecture was finished he said, "Thank you, Private Quelch. Fall in with the others now." He did not speak again until we had fallen in and were waiting to be dismissed. Then he addressed us.

"As some of you may have heard," he began deliberately, "the platoon officer has asked me to nominate one of you for–" He paused, and looked lingeringly up and down the ranks as if seeking final confirmation of a decision.

So this was the great moment! Most of us could not help glancing at Private Quelch, who stood rigidly to attention and stared straight in front of him with an expression of self-conscious innocence.

"–for permanent cookhouse duties. I've decided that Private Quelch is just the man for the job."

Of course, it was a joke for days afterwards; a joke and a joy to all of us.

bräunte Gesicht des Unteroffiziers. «Na schön», sagte er endlich, «dann halten eben Sie den Vortrag!» Als ob er sich vor jedem weiteren Wort scheute, warf er dem Professor die Handgranate zu. Schütze Quelch rappelte sich ganz unbefangen in die Höhe und hielt uns mit der Miene eines Mannes, der ein angestammtes Recht in Besitz nimmt, einen mustergültigen Vortrag über die Handgranate.

Die Gruppe lauschte in geducktem, entsetztem Schweigen. Unteroffizier Turnbull stand da und schaute zu, ganz unbeteiligt, bis auf die forschende Aufmerksamkeit seines Blickes. Als der Vortrag zu Ende war, sagte er: «Danke, Schütze Quelch, treten Sie jetzt mit den anderen an!» Er sprach kein Wort mehr, bis wir angetreten waren und auf das Kommando «Wegtreten» warteten. Dann war es so weit.

«Wie einige von Ihnen vielleicht schon gehört haben», begann er bedächtig, «hat mich der Herr Leutnant beauftragt, einen von Ihnen vorzuschlagen...» Er machte eine Pause und ließ seinen Blick zögernd durch die Reihen schweifen, wie um die endgültige Bestätigung einer Entscheidung zu finden.

Das also war der große Augenblick! Die meisten von uns riskierten einen flüchtigen Blick in die Richtung des Schützen Quelch, der stramm wie ein Denkmal und mit einem Ausdruck sich betroffen fühlender Unschuld geradeaus starrte.

«...der zum ständigen Küchendienst eingesetzt werden soll. Es ist mir klar geworden, daß Schütze Quelch genau der richtige Mann dafür ist.»

Natürlich war das ein Spaß noch für Tage danach, ein Spaß und ein Fest für uns alle.

I remember, though. . . .

My friend Trower and I were talking about it a few days later. We were returning from the canteen to our own hut. "Well," Trower remarked as we passed the cookhouse. "I reckon that geezer's had his gob stopped for a bit, eh?"

I did not answer, but took his arm and pointed to the cookhouse. Through the open door we could see the three cooks standing against the wall as if at bay; and from within came the monotonous beat of a familiar voice.

"Really, I must protest against this abominably unscientific and unhygienic method of peeling potatoes. I need only draw your attention to the sheer waste of vitamin values. . . ."

We fled.

Allerdings erinnere ich mich...

Ein paar Tage später, auf dem Rückweg von der Kantine zu unserer Baracke, kamen mein Freund Trower und ich auf die Angelegenheit zu sprechen. «Na», meinte Trower, als wir an der Küche vorbeikamen, «dieser Gartenzwerg, glaube ich, hat für eine Weile die Schnauze voll, was?»

Ich gab keine Antwort, sondern faßte ihn beim Arm und deutete auf die Küche. Durch die offene Tür sahen wir die drei Köche wie in die Enge getriebenes Wild an der Wand stehen, während aus dem Inneren der eintönig hämmernde Rhythmus einer vertrauten Stimme ertönte:

«Also wirklich, ich verbitte mir diese scheußlich unwissenschaftliche und unhygienische Art des Kartoffelschälens. Ich brauche nur auf den völligen Verlust der Vitaminstoffe hinzuweisen...»

Wir türmten.

Above the old man's head was the dovecote, a tall wire-netted shelf on stilts, full of strutting, preening birds. The sunlight broke on their grey breasts into small rainbows. His ears were lulled by their crooning, his hands stretched up towards his favourite, a homing pigeon, a young plump-bodied bird which stood still when it saw him and cocked a shrewd bright eye.

"Pretty, pretty, pretty," he said, as he grasped the bird and drew it down, feeling the cold coral claws tighten around his finger. Content, he rested the bird lightly on his chest, and leaned against a tree, gazing out beyond the dovecote into the landscape of a late afternoon. In folds and hollows of sunlight and shade, the dark red soil, which was broken into great dusty clods, stretched wide to a tall horizon. Trees marked the course of the valley; a stream of rich green grass the road.

102 His eyes travelled homewards along this road
103 until he saw his grand-daughter swinging on the

Doris Lessing: Der Flug

Über dem Kopf des alten Mannes erhob sich ein Taubenschlag, ein hohes Maschendrahtgehäuse auf Pfählen, voll stolzierender und sich putzender Vögel. Das Sonnenlicht brach sich auf ihren grauen Brüsten und sprühte kleine Regenbögen. Unter dem Gurren, das seinen Ohren schmeichelte, streckte er die Hände nach seinem Lieblingsvogel, einer Brieftaube, aus. Der junge, rundliche Vogel blieb bei seinem Anblick still sitzen und blinzelte ihn aus klugen, hellen Augen an.

«Komm, mein hübsches Täubchen», sagte er. Er ergriff den Vogel und holte ihn herunter, wobei er spürte, wie die kalten, korallenroten Krallen sich um seine Finger schlossen. Zufrieden drückte er den Vogel leicht an seine Brust, lehnte sich an einen Baum und warf einen Blick über den Taubenschlag hinaus in die Landschaft, wie sie an diesem späten Nachmittag vor ihm lag. Im Wechsel von Licht und Schatten erstreckten sich die Schollen und Furchen der dunkelroten, in klobig-staubige Klumpen aufgebrochenen Erde bis zu einem fernen Horizont. Bäume ließen den Verlauf des Tales, ein Streifen üppig-grünen Grases die Richtung der Straße erkennen.

Seine Augen wanderten diese Straße entlang auf sein Zuhause zu, bis er seine Enkelin erblickte, die unter einem

gate underneath a frangipani tree. Her hair fell down her back in a wave of sunlight, and her long bare legs repeated the angles of the frangipani stems, bare, shining-brown stems among patterns of pale blossoms.

She was gazing past the pink flowers, past the railway cottage where they lived, along the road to the village.

His mood shifted. He deliberately held out his wrist for the bird to take flight, and caught it again at the moment it spread its wings. He felt the plump shape strive and strain under his fingers; and, in a sudden access of troubled spite, shut the bird into a small box and fastened the bolt. "Now you stay there," he muttered; and turned his back on the shelf of birds. He moved warily along the hedge, stalking his grand-daughter, who was now looped over the gate, her head loose on her arms, singing. The light happy sound mingled with the crooning of the birds, and his anger mounted.

"Hey!" he shouted; saw her jump, look back, and abandon the gate. Her eyes veiled themselves, and she said in a pert neutral voice: "Hullo, Grandad." Politely she moved towards him, after a lingering backward glance at the road.

"Waiting for Steven, hey?" he said, his fingers curling like claws into his palm.

"Any objection?" she asked lightly, refusing to look at him.

Jasminstrauch auf dem Gatter hin- und herschaukelte. Die Haare fielen ihr in einer Welle aus Sonnenlicht über den Rücken, und ihre langen nackten Beine reihten sich ein in die Stämme des Jasmins, nackte, braun-glänzende Schäfte inmitten von Mustern blasser Blüten.

Sie schaute an den rosaroten Blüten, an dem Eisenbahnerhäuschen, in dem sie wohnten, vorbei auf die Straße, die zum Dorf hinaufführte.

Seine Stimmung schlug um. Absichtlich streckte er seine Hand aus, wie um den Vogel wegfliegen zu lassen, und fing ihn in dem Augenblick, als er die Flügel spreizte, wieder ein. Er spürte den rundlichen Körper unter seinen Fingern ziehen und zerren; dann, in einem Anfall gequälter Bosheit, sperrte er den Vogel in eine kleine Kiste und schob den Riegel vor. «Du bleibst jetzt hier!» murmelte er und wandte dem Taubenschlag den Rücken zu. Er schlich behutsam die Hecke entlang und pirschte sich an seine Enkelin heran, die jetzt, den Kopf locker auf die Arme gelegt, über dem Gatter hing und vor sich hinsang. Ihre heitere, glückliche Stimme mischte sich in das Gurren der Vögel, und sein Ärger wuchs.

«He!» rief er; sie fuhr zusammen, sah sich um und ließ von dem Gatter ab. Ihre Augen verschleierten sich, und sie sagte mit forscher, unbefangener Stimme: «Hallo, Großpapa.» Höflich kam sie auf ihn zu, nachdem sie noch einen sehnsüchtigen Blick auf die Straße zurückgeworfen hatte.

«Wartest wohl auf Steven?» sagte er, wobei sich seine Finger wie Krallen in seine Handflächen gruben.

«Hast was dagegen?» fragte sie leichthin, ohne ihn anzusehen.

He confronted her, his eyes narrowed, shoulders hunched, tight in a hard knot of pain which included the preening birds, the sunlight, the flowers. He said: "Think you're old enough to go courting, hey?"

The girl tossed her head at the old-fashioned phrase and sulked, "Oh, Grandad!"

"Think you want to leave home, hey? Think you can go running around the fields at night?"

Her smile made him see her, as he had every evening of this warm end-of-summer month, swinging hand in hand along the road to the village with that red-handed, red-throated, violent-bodied youth, the son of the postmaster. Misery went to his head and he shouted angrily: "I'll tell your mother!"

"Tell away!" she said, laughing, and went back to the gate.

He heard her singing, for him to hear:

"I've got you under my skin,
I've got you deep in the heart of..."

"Rubbish," he shouted. "Rubbish. Impudent little bit of rubbish!"

Growling under his breath he turned towards the dovecote, which was his refuge from the house he shared with his daughter and her husband and their children. But now the house would be empty. Gone
106 all the young girls with their laughter and their
107 squabbling and their teasing. He would be left,

Er spürte, wie alles, samt den sich putzenden Vögeln, dem Sonnenlicht und den Blumen, sich in ihm zu einem harten Knoten des Schmerzes zusammenschnürte, und trat ihr mit zusammengekniffenen Augen und vorgeschobenen Schultern entgegen. «Glaubst wohl, du bist alt genug, um dir den Hof machen zu lassen?»

Das Mädchen warf unter dem Eindruck der altmodischen Redewendung den Kopf zurück und sagte vorwurfsvoll: «Ach Großpapa!»

«Möchtest wohl das Haus verlassen, was? Meinst, du kannst dich bei Nacht auf den Feldern herumtreiben?»

Wie sie so lächelte, sah er sie, wie er sie an jedem Abend dieses warmen Spätsommermonats auf der Straße zum Dorf gesehen hatte: Hand in Hand mit einem ungeschlachten Burschen mit roten Händen und einem roten Hals, dem Sohn des Postmeisters. Sein ganzer Jammer stieg in ihm hoch, und er rief zornig: «Ich sag es deiner Mutter!»

«Nur zu!» sagte sie lachend und ging zum Gatter zurück. Und sie sang, deutlich genug, um ihn mithören zu lassen:

«Hörst du mein heimliches Rufen?
Öffne dein Herzkämmerlein ...»

«Dummes Zeug!» rief er. «Dummes, schamloses Zeug!»

Leise knurrend strebte er zum Taubenschlag zurück, seine Zuflucht vor dem Haus, das er zusammen mit Tochter, Schwiegersohn und deren Kindern bewohnte. Bald schon würde das Haus leer stehen. Fort würden sie alle sein, die jungen Mädchen, mit ihrem Lachen, Balgen und Scherzen. Und er würde zurückbleiben, ungeliebt und einsam, bei der

uncherished and alone, with that square-fronted, calm-eyed woman, his daughter.

He stooped, muttering, before the dovecote, resenting the absorbed cooing birds.

From the gate the girl shouted: "Go and tell! Go on, what are you waiting for?"

Obstinately he made his way to the house, with quick, pathetic persistent glances of appeal back at her. But she never looked around. Her defiant but anxious young body stung him into love and repentance. He stopped. "But I never meant..." he muttered, waiting for her to turn and run to him. "I didn't mean..."

She did not turn. She had forgotten him. Along the road came the young man Steven, with something in his hand. A present for her? The old man stiffened as he watched the gate swing back, and the couple embrace. In the brittle shadows of the frangipani tree his grand-daughter, his darling, lay in the arms of the postmaster's son, and her hair flowed back over his shoulder.

"I see you!" shouted the old man spitefully. They did not move. He stumped into the little whitewashed house, hearing the wooden veranda creak angrily under his feet. His daughter was sewing in the front room, threading a needle held to the light.

He stopped again, looking back into the garden.
108 The couple were now sauntering among the bushes,
109 laughing. As he watched he saw the girl escape from

Frau mit der eckigen Stirn und den ruhig dreinblickenden Augen, die seine Tochter war.

Er bückte sich vor dem Taubenschlag, voller Groll auf die mit ihrem Gurren beschäftigten Vögel.

Vom Gatter rief das Mädchen herüber: «Geh und sag's doch! Los, worauf wartest du noch?»

Eigensinnig, doch mit kurzen, rührend flehentlichen Blickwendungen zu ihr hin, trottete er auf das Haus zu. Aber sie wandte nicht den Kopf. Ihre trotzige und doch so scheue Jugendlichkeit erweckte in ihm ein Gefühl von Liebe und Reue. «Aber ich wollte doch gar nicht...», murmelte er und wartete darauf, daß sie sich umwenden und zu ihm her rennen würde. «Ich wollte ja nicht...»

Sie wandte sich nicht um. Sie hatte ihn vergessen. Die Straße entlang kam der junge Steven. Er hielt etwas in der Hand. Ein Geschenk für sie?

Der alte Mann versteinerte, als er das Gatter zurückschwingen und das Paar sich umarmen sah. In dem gefleckten Schatten des Jasminstrauches lag seine Enkelin, sein Liebling, in den Armen des Postmeistersohnes, und ihre Haare flossen über seine Schulter.

«Ich sehe euch!» rief der Alte bissig. Sie rührten sich nicht. Er stapfte in das kleine weiß getünchte Haus und hörte die hölzerne Veranda ungehalten unter seinen Schritten ächzen. Seine Tochter, die im Wohnzimmer nähte, hielt gerade eine Nadel zum Einfädeln gegen das Licht.

Wieder blieb er stehen und schaute in den Garten zurück. Das Paar schlenderte jetzt lachend inmitten der Büsche. Noch während er hinsah, riß sich das Mädchen mit einer

the youth with a sudden mischievous movement, and run off through the flowers with him in pursuit. He heard shouts, laughter, a scream, silence.

"But it's not like that at all," he muttered miserably. "It's not like that. Why can't you see? Running and giggling, and kissing and kissing. You'll come to something quite different."

He looked at his daughter with sardonic hatred, hating himself. They were caught and finished, both of them, but the girl was still running free.

"Can't you *see*?" he demanded of his invisible grand-daughter, who was at that moment lying in the thick green grass with the postmaster's son.

His daughter looked at him and her eyebrows went up in tired forbearance.

"Put your birds to bed?" she asked, humouring him.

"Lucy," he said urgently. "Lucy..."

"Well, what is it now?"

"She's in the garden with Steven."

"Now you just sit down and have your tea."

He stumped his feet alternatively, thump, thump, on the hollow wooden floor and shouted: "She'll marry him. I'm telling you, she'll be marrying him next!"

His daughter rose swiftly, brought him a cup, set
110 him a plate.

111 "I don't want any tea. I don't want it, I tell you."

plötzlichen übermütigen Bewegung von dem Jungen los und rannte, von ihm verfolgt, durch die Blumen davon. Er hörte Rufe, Gelächter, einen Schrei, dann nichts mehr.

«Aber so ist es doch gar nicht», murmelte er unglücklich. «So ist es nicht. Warum kannst du es nicht sehen? Das Rennen und Kichern, das ewige Küssen – das führt ja ganz wo anders hin.»

Er betrachtete seine Tochter mit bitterem Haß, und dabei haßte er sich selbst. Sie saßen in der Falle und hatten ausgespielt, sie beide, aber das Mädchen rannte noch frei herum.

«Kannst du es denn nicht sehen?» fragte er innerlich seine Enkelin, die in diesem Augenblick mit dem Postmeistersohn im dichten grünen Gras lag.

Seine Tochter sah ihn an und zog voll müder Nachsicht die Augenbrauen hoch.

«Hast du deine Vögel zu Bett gebracht?» fragte sie, um ihn aufzuheitern.

«Lucy», sagte er drängend. «Lucy...»

«Na, was ist denn jetzt schon wieder?»

«Sie ist mit Steven im Garten.»

«Jetzt setz dich mal hin und trinke deinen Tee!»

Er stampfte mit beiden Füßen abwechselnd auf den hohlen Holzfußboden, daß es dumpf polterte, und schrie: «Sie wird ihn heiraten. Ich sage dir, sie wird ihn demnächst heiraten!»

Seine Tochter stand eilig auf, brachte ihm eine Tasse und stellte einen Teller vor ihn hin.

«Ich will keinen Tee. Ich will keinen, hörst du?»

"Now, now," she crooned. "What's wrong with it? Why not?"

"She's eighteen. Eighteen!"

"I was married at seventeen and I never regretted it."

"Liar," he said. "Liar. Then you should regret it. Why do you make your girls marry? It's you who do it. What do you do it for? Why?"

"The other three have done fine. They've three fine husbands. Why not Alice?"

"She's the last," he mourned. "Can't we keep her a bit longer?"

"Come, now, dad. She'll be down the road, that's all. She'll be here every day to see you."

"But it's not the same." He thought of the other three girls, transformed inside a few months from charming petulant spoiled children into serious young matrons.

"You never did like it when we married," she said. "Why not? Every time, it's the same. When I got married you made me feel like it was something wrong. And my girls the same. You get them all crying and miserable the way you go on. Leave Alice alone. She's happy." She sighed, letting her eyes linger on the sunlit garden. "She'll marry next month. There's no reason to wait."

112 "You've said they can marry?" he said incredu-
113 lously.

«Sachte, sachte», sagte sie besänftigend. «Was hast du gegen den Tee? Warum willst du ihn nicht?»

«Sie ist achtzehn. Erst achtzehn!»

«Ich hab mit siebzehn geheiratet und es niemals bereut.»

«Lügnerin!» sagte er. «Du lügst. Und wenn schon, dann solltest du es bereuen. Warum treibst du deine Töchter in die Ehe? Warum tust du das? Warum?»

«Die anderen drei haben es gut getroffen. Jede hat einen prächtigen Mann. Warum also nicht Alice?»

«Sie ist die letzte», jammerte er. «Können wir sie nicht ein bißchen länger behalten?»

«Na komm schon, Papa. Sie wird ein paar Häuser weiter unten wohnen, das ist alles. Sie wird jeden Tag herkommen, um dich zu besuchen.»

«Aber das ist nicht dasselbe.» Und er dachte an die anderen drei Mädchen, die sich innerhalb einiger Monate von entzükkenden, ausgelassenen, verhätschelten Kindern in ernste junge Hausmütter verwandelt hatten.

«Dir hat es nie gepaßt, wenn wir geheiratet haben», sagte sie. «Warum eigentlich nicht? Jedesmal ist es dasselbe. Als ich geheiratet habe, hast du dich aufgeführt, als wäre es etwas Verwerfliches. Und bei meinen Töchtern war es genauso. Du machst sie nur traurig und unglücklich mit deinem Getue. Laß Alice in Frieden! Sie ist glücklich.» Sie seufzte und ließ ihren Blick auf dem sonnenbeschienenen Garten verweilen. «Sie heiratet nächsten Monat. Es gibt keinen Grund, zu warten.»

«Du hast also gesagt, daß sie heiraten dürfen?» fragte er ungläubig.

"Yes, dad, why not?" she said coldly, and took up her sewing.

His eyes stung, and he went out on to the veranda. Wet spread down over his chin and he took out a handkerchief and mopped his whole face. The garden was empty.

From around the corner came the young couple; but their faces were no longer set against him. On the wrist of the postmaster's son balanced a young pigeon, the light gleaming on its breast.

"For me?" said the old man, letting the drops shake off his chin. "For me?"

"Do you like it?" The girl grabbed his hand and swung on it. "It's for you, Grandad. Steven brought it for you." They hung about him, affectionate, concerned, trying to charm away his wet eyes and his misery. They took his arms and directed him to the shelf of birds, one on each side, enclosing him, petting him, saying worldlessly that nothing would be changed, nothing could change, and that they would be with him always. The bird was proof of it, they said, from their lying happy eyes, as they thrust it on him. "There, Grandad, it's yours. It's for you."

They watched him as he held it on his wrist, stroking its soft, sun-warmed back, watching the wings lift and balance.

114 "You must shut it up for a bit," said the girl
115 intimately. "Until it knows this is its home."

«Ja, Papa, warum nicht?» sagte sie kalt und nahm ihre Näharbeit auf.

Die Augen brannten ihm, und er ging auf die Veranda hinaus. Als er sein Kinn naß werden fühlte, zog er ein Taschentuch heraus und wischte sich das ganze Gesicht. Der Garten war leer.

Um die Ecke kam das junge Paar; aber die Gesichter der beiden erschienen ihm nicht mehr feindselig. Auf dem Handgelenk des Postmeistersohnes balancierte eine junge Taube, deren Brust im Licht schimmerte.

«Für mich?» fragte der alte Mann, während er die Tränen von seinem Kinn schüttelte. «Für mich?»

«Gefällt sie dir?» Das Mädchen faßte ihn mit einer schwungvollen Bewegung bei der Hand. «Sie ist für dich, Großpapa. Steven hat sie dir gebracht.» Sie hängten sich an ihn, liebevoll und besorgt, und bemühten sich, seine Tränen und Traurigkeit zu verscheuchen. Sie nahmen ihn in ihre Mitte, faßten ihn bei den Armen und lotsten ihn zum Taubenschlag hin; dabei umdrängten und liebkosten sie ihn und sagten ohne Worte, daß sich nichts ändern würde, nichts ändern könne, daß sie immer bei ihm sein würden. Der Vogel, logen ihre glücklichen Augen, während sie ihn ihm aufdrängten, sei das Unterpfand dafür. «Nimm, Großpapa, er gehört dir. Er ist für dich.»

Sie schauten zu, wie er die Taube auf seinem Handgelenk hielt, ihren weichen, sonnenwarmen Rücken streichelte und sie beim Heben und Ausbalancieren ihrer Flügel beobachtete.

«Du mußt sie eine Weile einsperren», sagte das Mädchen liebevoll. «Bis sie weiß, daß sie hier zuhause ist.»

"Teach your grandmother to suck eggs," growled the old man.

Released by his half-deliberate anger, they fell back, laughing at him. "We're glad you like it." They moved off, now serious and full of purpose, to the gate, where they hung, backs to him, talking quietly. More than anything could, their grown-up seriousness shut him out, making him alone; also, it quietened him, took the sting out of their tumbling like puppies on the grass.

They had forgotten him again. Well, so they should, the old man reassured himself, feeling his throat clotted with tears, his lips trembling. He held the new bird to his face, for the caress of its silken feathers. Then he shut it in a box and took out his favourite.

"*Now* you can go," he said aloud. He held it poised, ready for flight, while he looked down the garden towards the boy and the girl. Then, clenched in the pain of loss, he lifted the bird on his wrist, and watched it soar. A whirr and a spatter of wings, and a cloud of birds rose into the evening from the dovecote.

At the gate Alice and Steven forgot their talk and watched the birds.

On the veranda, that woman, his daughter, stood gazing, her eyes shaded with a hand that still held
116 her sewing.

117 It seemed to the old man that the whole after-

«Da ist das Ei wieder klüger als die Henne», knurrte der Alte.

Über seinen halb gespielten Ärger erleichtert, ließen sie lachend von ihm ab. «Wir sind froh, daß sie dir gefällt.» Dann zogen sie sich, mit einem Mal ernst und zielstrebig, zu dem Gatter zurück, über das, den Rücken ihm zugekehrt, sie sich lehnten und leise plauderten. Mehr als alles andere war es dieser erwachsene Ernst, der ihn ausschloß und einsam stimmte; andererseits versöhnte er ihn auch, da er die Scharte auswetzte, die ihr albernes Tollen auf dem Gras hinterlassen hatte. Sie hatten ihn schon wieder vergessen. Schön, meinetwegen, redete der alte Mann sich zu, während der Drang zu weinen ihm den Hals zuschnürte und seine Lippen zittern ließ. Er hielt den neuen Vogel an sein Gesicht, um die Liebkosung seiner seidigen Federn zu spüren. Dann sperrte er ihn in eine Kiste und nahm seine Lieblingstaube heraus.

«*Jetzt* kannst du fliegen», sagte er laut. Er hielt sie im Gleichgewicht, flugbereit, während er nach dem Jungen und dem Mädchen im Garten Ausschau hielt. Dann hob er, vom Schmerz des Verlustes übermannt, den Vogel auf sein Handgelenk und sah ihn aufflattern. Ein Sausen und Knattern von Flügeln, und eine ganze Wolke von Vögeln stieg aus dem Taubenschlag in den Abendhimmel empor.

Am Gatter vergaßen Alice und Steven, was sie zu besprechen hatten, und schauten den Vögeln nach.

Auf der Veranda stand staunend die Frau, seine Tochter, ihre Augen mit der Hand beschattend, die noch immer das Nähzeug hielt.

Es schien dem alten Mann, als hielte der ganze Abend den

noon had stilled to watch his gesture of self-command, that even the leaves of the trees had stopped shaking.

Dry-eyed and calm, he let his hands fall to his sides and stood erect, staring up into the sky.

The cloud of shining silver birds flew up and up, with a shrill cleaving of wings, over the dark ploughed land and the darker belts of trees and the bright folds of grass, until they floated high in the sunlight, like a cloud of motes of dust.

They wheeled in a wide circle, tilting their wings so there was flash after flash of light, and one after another they dropped from the sunshine of the upper sky to shadow, one after another, returning to the shadowed earth over trees and grass and field, returning to the valley and the shelter of night.

The garden was all a fluster and a flurry of returning birds. Then silence, and the sky was empty.

The old man turned, slowly, taking his time; he lifted his eyes to smile proudly down the garden at his granddaughter. She was staring at him. She did not smile. She was wide-eyed, and pale in the cold shadow, and he saw the tears run shivering off her face.

Atem an, um seine Geste der Selbstüberwindung zu erleben, als hätten sogar die Blätter der Bäume zu zittern aufgehört.

Trockenen Auges und gelassen ließ er seine Hände an sich herunterfallen und stand aufrecht, den Blick zum Himmel gerichtet.

Die Wolke der silbrig glänzenden Vögel flog höher und höher, mit lautem Flügelschlag, über die dunkle gepflügte Erde, die noch dunkleren Baumgürtel und die hellen grasigen Fluren, bis sie gleich einer Wolke von Staubteilchen hoch oben im Sonnenlicht schwebten.

Sie beschrieben einen weiten Kreis, und wenn sie dabei die Flügel kippten, fiel Licht darauf und entsandte Blitz auf Blitz. Dann fielen sie, einer nach dem anderen, aus dem Sonnenlicht des Himmelszeltes in den Schatten herab, kehrten sie, einer nach dem anderen, zur dämmrigen Erde zurück, heimwärts ins Tal und in den Schutz der Nacht.

Bald war der Garten erfüllt vom Gewimmel und Getümmel zurückkehrender Vögel. Dann trat Stille ein, und der Himmel war leer.

Der alte Mann drehte sich um, langsam und bedächtig; er hob seinen Blick und lächelte stolz zum Garten hin, wo seine Enkelin stand. Sie starrte ihn an. Sie lächelte nicht. Ihre Augen waren weit geöffnet, ihre Wangen waren blaß in der kalten Dämmerung, und er sah die Tränen, die ihr zuckendes Gesicht überströmten.

"God made us all different. Don't talk back to your mother," said Mr Robinson.

"It's not the blacks I mind. They don't know any better," said Mrs Robinson. "But a man like that, knocking on people's doors and making trouble. There ought to be a law against it."

"I expect there is, come to think of it," said Mr Robinson. "Appearing in disguise on the public highway."

"Not now," said Arthur Robinson, blowing on his tea. "In olden days, yes. But it wouldn't work today. What with all these wigs and that, and not being able to tell whether it's a girl or a boy till you come right up to 'em–" he expelled a harsh blast of air that sent his tea climbing dangerously high up its white glazed wall. "You'd have to put half the country in prison."

"Good job too," said Mrs Robinson. She cut her piece of fruitcake into sections, vigorously.

"They want teaching a good lesson, some of 'em. Dirty little madams."

John Wain: Warten auf Besuch

«Gott hat uns Menschen eben verschieden geschaffen. Gib deiner Mutter nicht so freche Antworten!» sagte Mr Robinson.

«Gegen die Schwarzen habe ich ja nichts. Sie wissen es nicht besser», sagte Mrs Robinson. «Aber so ein Kerl, der an fremde Türen klopft und Unfrieden stiftet. Das gehört verboten.»

«Ist es wohl auch, wie ich annehmen möchte», sagte Mr Robinson. «Vermummung auf offener Straße.»

«Doch jetzt nicht mehr», sagte Arthur Robinson, während er auf seinen Tee blies. «Vielleicht Anno dazumal. Aber heute ginge das nicht mehr, mit all den Perücken und so. Man kann ja gar nicht mehr sagen, ob jemand ein Mädchen oder ein Junge ist, bis man dicht vor ihm steht» – er erzeugte einen so heftigen Windstoß, daß der Tee bedenklich hoch die weiße glasierte Tassenwand emporkletterte. «Man müßte halb England ins Gefängnis sperren.»

«Das wäre auch das Richtige», sagte Mrs Robinson. Sie zerhieb ihr Stück Früchtekuchen mit aller Kraft in Portionen. «Man müßte ihnen eine gehörige Lektion erteilen, einigen dieser Leute. Diesen liederlichen Weibern zum Beispiel.»

"The black fellers have got to live, mum," said Doris Robinson with her usual stolid defiance.

"Nobody's stopping them," said Mr Robinson. "They're welcome to live as long as they stay where the good Lord put 'em. But they shouldn't come pouring into a white man's country. That's what I say and I've got the Bible to prove it."

"Some people don't reckon the Bible proves anything," said Doris. "After you, Arthur. I like jam, too."

"They ought to be ashamed, then," said Mrs Robinson. "Dirty colour-blind little madams. They don't care who they're with, so long as it's a man."

"Well, they've got a point," said Doris, attacking the jam.

"Make allowances, mum," said Arthur. "I expect that's what it feels like when you're twenty-six and haven't got a husband yet."

"Why don't you go and give all your blood to the Red Cross?" queried his sister indifferently.

"I bet you'd go out with a darkie fast enough," said Arthur, disappointed at Doris's calm.

"I would if I liked him."

"You want to read your Bible, my girl," said Mr Robinson, getting up from his chair with slow dignity and going to look for his pipe. "The sons of Ram
122 shall bruise thy heel, and thou shalt bruise his head.
123 Remember that."

«Die Schwarzen müssen auch leben, Mama», sagte Doris Robinson mit ihrem gewohnten sturen Trotz.

«Niemand hindert sie daran», sagte Mr Robinson. «Ich gönne es ihnen von Herzen, solange sie dort bleiben, wo sie der Herrgott hingestellt hat. Aber sie sollten nicht ein weißes Land überschwemmen. Das sage ich immer, und ich habe die Bibel, um es zu beweisen.»

«Manche Leute glauben nicht mehr, daß die Bibel was beweist», sagte Doris. «Nach dir komm ich, Arthur, mir schmeckt die Marmelade auch.»

«Dann sollen sie sich eben schämen», sagte Mrs Robinson. «Diese liederlichen Weiber, mit ihrer Farbenblindheit! Denen es ganz egal ist, mit wem sie es zu tun haben, wenn es nur ein Mann ist.»

«Na ja, so unrecht haben sie auch wieder nicht», sagte Doris und machte sich über die Marmelade her.

«Nimm sie nicht für voll, Mama!» sagte Arthur. «So ist einem wohl zumute, wenn man mit 26 Jahren noch keinen Mann hat.»

«Ach lass dich doch auf den Mond schießen», gab seine Schwester ungerührt zurück.

«Du gingest wohl sofort mit einem Neger aus», sagte Arthur, über die Gelassenheit seiner Schwester verdrossen.

«Täte ich auch, wenn er mir gefiele.»

«Du solltest deine Bibel lesen, Mädchen», sagte Mr Robinson, während er sich mit bedächtiger Würde von seinem Stuhl erhob und auf die Suche nach seiner Pfeife machte. «Die Söhne des Ram werden dich in die Ferse treten, und du wirst ihm das Haupt zertreten. Merk dir das!»

"Rough play in the Second Division," said Arthur.

"The blacks can't help it," said Mrs Robinson with a look of determined fair-mindedness. "It's a man like that I'd put in prison. Blacking his face and knocking on people's doors."

"They'll do anything to get a story," said Arthur. "I saw a play about it on the telly. They have to make something happen, else there's nothing to put in the paper."

"They want to mind their own business," said Mr Robinson through a cloud of pipe-smoke. "They'd have plenty to put in the paper if they'd read their Bible."

"Well, it's this neighbourhood," said Doris. "That's what everybody was saying at work today. He's working his way round East London and we can expect him here any time."

"He won't have any trouble with the birds if he comes round this way," said Arthur. "Soon as they see a darkie they start running. Towards him."

"Jealousy, that's your trouble," said Doris. "No wonder you can't keep a girl-friend, with them pimples."

"If they weren't a lot of ignorant little madams," said Mrs Robinson, "they'd sooner have a nice clean
124 English boy than a blackie, even with a few
125 pimples."

«Klingt ja ganz nach Oberliga, wenn geholzt wird», sagte Arthur.

«Die Schwarzen können nichts dafür», sagte Mrs Robinson mit einer Miene grimmiger Gerechtigkeit. «Es ist der andere Kerl, den ich ins Gefängnis stecken würde. Der sich das Gesicht schwärzt und an fremde Türen klopft.»

«Sie tun eben alles, um eine Story aufzureißen», sagte Arthur. «Ich habe im Fernsehen ein Stück darüber gesehen. Sie müssen einfach was passieren lassen, sonst hätten sie ja nichts für ihre Zeitung.»

«Sie sollten sich um ihren eigenen Kram kümmern», sagte Mr Robinson durch eine Wolke von Pfeifenrauch. «Sie hätten mehr als genug für ihre Zeitung, wenn sie ihre Bibel lesen würden.»

«Nun, jedenfalls ist unser Viertel an der Reihe», sagte Doris. «Das haben sie heute alle bei mir in der Arbeit gesagt. Er klopft gerade den Londoner Osten ab, wir müssen jederzeit mit ihm rechnen.»

«Mit den Puppen wird er kein Problem haben, wenn er hierher kommt», sagte Arthur. «Sobald die einen Neger sehen, fangen sie auch schon zu rennen an. Auf ihn zu, nämlich.»

«Dafür hast du eins: deine ewige Eifersucht», sagte Doris. «Ist ja auch kein Wunder, daß du kein Mädchen halten kannst, mit deinen Pickeln.»

«Wären sie nicht allesamt so dämliche Weiber», sagte Mrs Robinson, «dann hätten sie lieber einen netten und anständigen englischen Jungen mit ein paar Pickeln im Gesicht als einen Neger.»

"Let's shut up about pimples shall we?" said Arthur. "I'm having my tea."

"You know what it'll say in the paper next morning, when he knocks on the door and you turn him away," said Doris. "Mr and Mrs Fred Robinson, who've been advertising in their front window with a room to let for the last six months, turned away the very first person that asked about it because he was coloured."

"Who cares what it says in the paper?" Mr Robinson demanded. "An Englishman's home is his castle."

"Does it say that in the Bible?" asked Doris innocently.

"You watch your tongue, Doris," said Mrs Robinson. "That's all I say to you, watch your tongue."

There was a knock at the street door.

"If that's him," said Mr Robinson, "tell him to go home and wash the black off his face."

"And not come making trouble, just to get a story," Arthur added righteously.

Doris was moving her chair back from the table when she saw that her mother had risen and was going into the passage.

"Be careful what you do, Mum," she called.

"I know what I'm about," said Mrs Robinson shortly.

126 All three listened intently as the door opened and
127 Mrs Robinson's voice came to them down the hall-

«Hören wir lieber auf, von Pickeln zu reden», sagte Arthur. «Ich bin gerade bei meinem Tee.»

«Weißt du, was morgen früh in der Zeitung steht, wenn er klopft, und du ihn wegschickst?» sagte Doris. «Mr und Mrs Fred Robinson,

die in ihrem Fenster zur Straße seit einem halben Jahr ein Zimmer zur Vermietung anbieten, haben den ersten Interessenten abgewiesen, nur weil er ein Farbiger war.»

«Wen kümmert es schon, was in der Zeitung steht?» fragte Mr Robinson. «In England heißt es noch immer: Mein Heim ist meine Burg.»

«Steht das auch in der Bibel?» fragte Doris in arglosem Ton.

«Halte dich zurück, Doris», sagte Mrs Robinson. »Ich sage nur: Halte dich zurück!»

Es klopfte an der Haustür.

«Wenn er es ist», sagte Mr Robinson, «dann sag ihm, er soll sich nach Hause scheren und die schwarze Farbe vom Gesicht waschen!»

«Und hier keinen Unfug treiben, nur wegen so einer Story!» setzte Arthur entrüstet hinzu.

Doris rückte ihren Stuhl vom Tisch zurück, sah aber, daß ihre Mutter schon aufgestanden war und auf den Flur hinaustrat.

«Paß auf, was du tust, Mama», rief sie ihr nach.

«Ich weiß schon, was ich will», sagte Mrs Robinson kurz angebunden.

Alle drei lauschten angespannt, als die Tür aufging und Mrs Robinsons Stimme durch den Flur zu ihnen hereinkam. Aber

way. But they could make out nothing except an occasional broken phrase, "Don't think so," "I'll tell him," "shouldn't expect." The other voice was a man's, but they caught nothing it said.

After a few minutes Mrs Robinson closed the front door and came back to them.

"Was that him?" Arthur asked.

"No. Mr Prothero," she replied.

"Mr who?"

"The young man from the church. The curate. Mr Venables had sent him round."

"And why didn't Mr Venables come his high and mighty self?" demanded Mr Robinson from beside the fire. "After eight years as sidesman, I'm not worth his while to drop in on his way past?"

"That's what he wanted to talk about," said Mrs Robinson. "Said Mr Venables was sorry to hear you was giving it up."

"You told him why, didn't you?"

"Yes. He wanted to come in and talk to you, but I said I couldn't have you bothered. Said the doctor told you to keep out of draughts with your legs. And I asked him straight out, could he deny that the church was draughty?"

"Specially round the sides, where I had to walk," said Mr Robinson. "Eight years I took my legs down the draughtiest part of that church. Enough's enough, I say."

"I never can understand that," said Arthur reflec-

sie konnten nichts verstehen außer gelegentlichen Satzbrokken wie «Glaub ich nicht», «Werd's ihm schon sagen», «Wohl nicht zu erwarten». Die andere Stimme war die eines Mannes, doch sie verstanden nichts von dem, was sie sagte.

Ein paar Minuten später schloß Mrs Robinson die Haustür und kehrte zu ihnen zurück.

«War er es?» fragte Arthur.

«Nein, es war Mr Prothero», antwortete sie.

«Mr ... wie war der Name?»

«Der junge Mann von der Kirche. Der Vikar. Mr Venables hatte ihn hergeschickt.»

«Und warum hat sich Mr Venables nicht höchstselbst hierher bemüht?» fragte Mr Robinson von seinem Platz neben dem Kamin. «Bin ich ihm nach acht Jahren Kirchenvorstand nicht so viel wert, daß er im Vorbeikommen hier reinschaut?»

«Darüber wollte er ja sprechen», entgegnete Mrs Robinson. «Er sagte, Mr Venables bedaure es, daß du zurücktreten willst.»

«Du hast ihm doch gesagt, warum, nicht wahr?»

«Schon, aber er wollte hereinkommen und mit dir reden. Ich habe ihm aber gesagt, ich könne dir keine Störung zumuten. Daß der Arzt dir geraten hat, dich wegen deiner Beine vor Zugluft zu hüten. Und dann habe ich ihn rundheraus gefragt: Können Sie vielleicht bestreiten, daß die Kirche zugig ist?»

«Besonders seitlich, wo ich herumgehen mußte», sagte Mr Robinson. «Acht Jahre lang habe ich meine Beine hingehalten, wo es am zugigsten war. Genug ist genug, sage ich.»

«Ich verstehe das nie und nimmer», äußerte Arthur nach-

tively. "The church business. The same service going on in hundreds of churches at the same time. Wasting manpower like that, how stupid can you get? They should have one central service and televise it."

"Tune in to channel fourteen and go on your knees on the hearthrug," said Doris satirically.

"Well, there's more sense to that than what they do," said Arthur. "If Dad'd knelt on the hearthrug for thirty years instead of in cold draughty churches, his legs'd be as good as mine now."

"Yours'll never come to any harm through bending your knees, that I will say," Mr Robinson remarked.

"Never mind all that," said Mrs Robinson, who had been thinking. "This man. If he comes, I've decided what to do."

"You'd better take the notice down, till the whole thing's over," said Mr Robinson.

"No. That'd be running away. I've got a better idea. Welcome him."

"*Welcome–*" Arthur was beginning in astonishment.

"Pretend to take him for a real darkie. After all, it's only by chance that we know about it. Nothing's been in the paper yet. I'll pretend not to suspect anything, be as nice as pie. That'll take the wind right out of his sails, make him drop the whole silly idea."

denklich. «Diesen Kirchenbetrieb. Ein und derselbe Gottesdienst wird gleichzeitig in Hunderten von Kirchen abgespult. Wie kann man so blödsinnig Personal verschwenden? Man sollte einen einzigen Zentralgottesdienst abhalten und im Fernsehen ausstrahlen.»

«Kanal 14 einschalten und runter mit den Knien auf den Kaminvorleger!» witzelte Doris.

«Ja, das wäre vernünftiger als wie es gemacht wird», sagte Arthur. «Wäre Papa dreißig Jahre lang auf dem Kaminvorleger gekniet anstatt in kalten, zugigen Kirchen, dann wären seine Beine jetzt so gut wie die meinen.»

«Die deinen werden bestimmt nie durch vieles Knieen zu Schaden kommen, möchte ich behaupten», bemerkte Mr Robinson.

«Darum geht's doch jetzt nicht!» sagte Mrs Robinson, die scharf nachgedacht hatte. «Es geht um den Kerl. Aber wenn er kommt, weiß ich, was ich tue.»

«Du tätest gut daran, das Schild aus dem Fenster zu nehmen, bis die ganze Sache vorbei ist», sagte Mr Robinson.

«Nein. Das wäre Fahnenflucht. Ich habe eine bessere Idee: wir heißen ihn willkommen.»

«Willkommen...» begann Arthur, aber das Wort blieb ihm im Halse stecken.

«Wir tun so, als hielten wir ihn für einen echten Neger. Immerhin wissen wir nur durch Zufall Bescheid. Es stand noch nichts in der Zeitung. Ich tue so, als hätte ich keinen Verdacht, und behandle ihn wie ein rohes Ei. Das wird ihm den Wind aus den Segeln nehmen, so daß er die ganze Schnapsidee sein läßt.»

"Ask him for a week's rent in advance. He'll have plenty of expense money," said Mr Robinson.

Doris began to clear away the dishes. "I think it's childish, if you ask me," she said into the air.

"Childish?" said her mother. "Who started it? What's more childish than blacking your face and knocking on people's doors?"

There was another knock, and she hurried down the passage; it was the next-door neighbour, wanting to borrow a cookery book. A few minutes later she ran to the door again, and made short work of a salesman proffering details of an encyclopedia. The atmosphere of expectancy began to leak away; Mr Robinson, dozing over the evening paper, had almost dismissed the matter from his mind.

But after half an hour the summons again. Mrs Robinson grumbled her way to the front door without haste, but this time she was longer in coming back, and the family were roused into sudden attentiveness by the bright, welcoming tones of her voice, which now reached them clearly.

"This way, will you please? I'd like you to meet Mr Robinson and our son and daughter... we're all at home ... This is the front room, we've just cleared away our tea ... This way."

She entered
132 looking over her shoulder at someone who was
133 following her, and making little mincing move-

«Verlang doch für eine Woche die Miete im voraus! Er hat sicher einen Haufen Spesengelder bei sich», sagte Mr Robinson.

Doris begann, den Tisch abzuräumen. «Ich halte das für kindisch, wenn ihr mich fragt», sagte sie ungeniert.

«Kindisch?» fragte ihre Mutter. «Wer hat denn damit angefangen? Was ist denn kindischer als sich das Gesicht schwarz zu machen und bei anderen Leuten anzuklopfen?»

Wieder klopfte es, und Mrs Robinson eilte durch den Flur; es war die Nachbarin vom Haus nebenan, die sich ein Kochbuch borgen wollte. Ein paar Minuten später rannte sie erneut an die Tür und machte kurzen Prozeß mit einem Vertreter, der Einzelheiten über ein Konversationslexikon vorzutragen begann. Die Atmosphäre gespannter Erwartung begann sich zu verflüchtigen; Mr Robinson, der über der Abendzeitung döste, hatte die ganze Geschichte schon fast aus seinem Bewußtsein verbannt.

Doch eine halbe Stunde später klopfte es von neuem. Mrs Robinson trottete brummelnd und gemächlich zur Haustür, aber diesmal blieb sie länger aus, und die Familie wurde durch den heiteren, gastlichen Tonfall ihrer Stimme, die jetzt deutlich zu ihnen drang, plötzlich hell wach.

«Hier entlang, wenn ich Sie bitten darf. Ich möchte Sie mit Mr Robinson bekannt machen, und mit unserem Sohn und unserer Tochter ... wir sind alle zuhause. Dies hier ist das Wohnzimmer, wir haben soeben den Teetisch abgeräumt ... Hier entlang.» Sie trat ins Zimmer, während sie sich über die Schulter nach jemand umblickte, der ihr folgte; dabei vollführte sie mit Kopf und Körper kleine, gezierte Bewegungen,

ments of her head and body that made her look like a clumsily operated puppet.

Mr Robinson, Arthur and Doris all turned their eyes expectantly towards the doorway. At once, they were rewarded with a sight that froze them rigid with sheer surprise and, in the case of Arthur, with fury.

The newcomer was a stocky, broad-faced West Indian wearing a startlingly white raincoat and carrying a shiny plastic cap in his hand. The raincoat, as perhaps it was meant to do, concealed the clothes he was wearing under it, except for the bottom of his trousers, which appeared to be fairly voluminous at calf-level and caught in sharply at the ankles. His shoes were cracked, but clean and polished. As he came through the door, he looked cautiously from face to face and said, "Good evening to all."

"It's lucky the family are all at home," said Mrs Robinson brightly. "Then we can all get acquainted at once. This is Arthur, this is Doris, and this our Dad, Mr Robinson. They're all out at work all day and the young ones seem to be out most of the nights as well, but you know what young people are these days. Of course it's up to you whether you go out in the evenings or stay in your room–you're quite free to suit yourself entirely."

"Thank you, missis," said the man. His brown face split in a gleaming smile. "Can I see the room now?"

die ihr den Anschein einer ungeschickt geführten Marionette verliehen.

Mr Robinson, Arthur und Doris wandten sich alle erwartungsvoll der Türöffnung zu. Und dann war der Anblick, der sich ihnen plötzlich bot, so überraschend, für Arthur freilich auch so empörend, daß sie wie versteinert dasaßen.

Der Neuankömmling war ein stämmiger, breitgesichtiger Neger in einem auffallend weißen Regenmantel und mit einer glänzenden Plastikmütze in der Hand. Der Regenmantel verbarg, was vielleicht Absicht war, die Kleider, die der Mann darunter trug, mit Ausnahme der Hosenbeine, die in Wadenhöhe ziemlich bauschig waren, aber an den Knöcheln eng zusammenliefen. Seine Schuhe waren rissig, aber sauber und gewichst. Als er zur Tür hereinkam, schaute er vorsichtig von einem Gesicht zum anderen und sagte: «Guten Abend allerseits.»

«Sie haben Glück, daß die ganze Familie zuhause ist», sagte Mrs Robinson aufgeräumt. «So können wir uns alle auf einmal bekannt machen. Dies hier ist Arthur, dies ist Doris, und das ist unser Papa, Mr Robinson. Tagsüber sind sie alle weg, bei der Arbeit, die Jungen eigentlich auch meistens am Abend, Sie wissen ja, wie die Jugend heute ist. Natürlich liegt es ganz bei Ihnen, ob Sie abends ausgehen oder in Ihrem Zimmer bleiben wollen – es steht Ihnen völlig frei zu tun, was Ihnen beliebt.»

«Danke, Missis», sagte der Mann. Sein braunes Gesicht platzte auf zu einem blendend weißen Lächeln. «Kann ich jetzt das Zimmer sehen?»

"I'll take you up," said Mrs Robinson. "It's a nice quiet room with a bay window on the street. This is a very quiet street, I expect you've noticed. Never a bit of noise from traffic or the neighbours. Of course it's a very quiet neighbourhood. I *have* been told as I ought to charge ten shillings a week extra for the quiet, as an amenity, sort of thing, but I don't. What I say is, if we have the luck to live in a nice quiet street, we'll share our good fortune with other people. Excuse me, I'll lead the way."

She went out and up the stairs, followed by the stranger. Hardly had the man's broad back vanished through the doorway, when Arthur let out a prolonged whistle of astonishment.

"Phe-e-e-ew!" He mopped his brow. "She really thinks it's him."

"She can't do," said his sister.

"She *must* do. That's why she's sweet-talking him. Wants him to go away and write in the paper what a nice welcome he found at 46, Crescent Street. She's mad! She's mad! What'll she do when she finds out?"

"Well," said Mr Robinson, retiring behind the paper, "she'll have to do something. I want no part of this. She got him in and she'll get him out."

Footsteps bumped down the stairs.

136 "I'm glad to say," Mrs Robinson beamed, "that
137 Mr–er–"

«Ich führe Sie hinauf», sagte Mrs Robinson. «Es ist ein nettes, ruhiges Zimmer mit einem Erker auf die Straße, eine sehr ruhige Straße, wie Sie bemerkt haben werden. Nicht das geringste Geräusch vom Verkehr oder von den Nachbarn. Es ist allerdings auch eine sehr gediegene Wohngegend. Ich bin darauf angesprochen worden, daß ich pro Woche zehn Schillinge extra verlangen sollte, gewissermaßen für den Vorzug der ruhigen Wohnlage, aber ich will das nicht. Ich sage immer: Wenn wir das Glück haben, in einer netten, ruhigen Straße zu wohnen, dann wollen wir es mit anderen Leuten teilen. Entschuldigen Sie, wenn ich vorausgehe.»

Sie ging hinaus und die Treppe hoch, während der Fremde ihr folgte. Kaum war der breite Rücken des Mannes durch die Türöffnung verschwunden, entfuhr Arthurs Zähnen ein längerer Pfeifton ungläubigen Staunens: «Fffffft!» Er wischte sich die Stirn. «Sie glaubt allen Ernstes, daß er es ist.»

«Das kann doch nicht wahr sein», sagte seine Schwester.

«Offenbar doch. Deshalb hofiert sie ihn ja so. Sie will erreichen, daß er sich verabschiedet und in der Zeitung schreibt, welch nette Aufnahme er in der Crescent Street 46 gefunden hat. Sie ist verrückt, einfach verrückt. Was wird sie tun, wenn ihr ein Licht aufgeht?»

«Nun ja», sagte Mr Robinson, während er sich hinter seine Zeitung zurückzog, «irgend etwas wird sie ja wohl tun müssen. Ich möchte damit nichts zu schaffen haben. Sie hat ihn hereingebracht, soll sie sehen, wie sie ihn hinauskriegt.

Fußtritte polterten die Stiege herunter.

«Es ist mir eine Freude, sagen zu können», strahlte Mrs Robinson, «daß Mr – äh –»

"Major. Samuel Henry Major."

"That Mr Major likes the room and he's going to take it. When would you like to come in, Mr Major?"

"Tomorrow, please, missis. I'll bring my cases over in the afternoon. I've got one more night to go in the place I'm staying now. I've paid up to the Wednesday and I don't want to give him a golden handshake." Again the grin flashed out.

Mrs Robinson, standing behind Mr Major, threw a triumphant glance at her family. Her dignified face did not lend itself to anything as playful as winking; nevertheless, it conveyed the suggestion of a wink. "Look at me leading him up the garden path!" her expression said.

Two ferocious scowls (male) and one look of pure pity (female) flashed back at her. The whole exchange took approximately one second.

"I've told Mr Major our terms," Mrs Robinson went on. "Three pounds a week or three pounds fifteen with light housekeeping."

Mr Robinson snatched the pipe out of his mouth and said quickly, "But when we discussed it you said–"

"Never mind," Mrs Robinson interrupted him with equal haste. "I like to keep our charges reasonable. What I say is, we've had good luck – let's share
 it with others." And once again she gave that quick
 glance of complicity.

«Major. Samuel Henry Major.»

«Daß Mr Major das Zimmer gefällt und daß er es nehmen wird. Wann möchten Sie gerne einziehen, Mr Major?»

«Morgen, bitte, Missis. Ich werde meine Koffer am Nachmittag vorbeibringen. Ich habe noch eine Nacht gut, wo ich jetzt wohne. Ich habe bis Mittwoch vorausbezahlt und möchte dem Hauswirt nicht das Geld in den Rachen werfen.» Wieder ließ ein Lächeln die Zähne aufblitzen.

Mrs Robinson, die hinter Mr Major stand, warf ihrer Familie einen triumphierenden Blick zu. Ihre würdevolle Miene wollte sich zu einer so neckischen Geste wie einem Blinzeln nicht hergeben, dennoch war die Andeutung eines Blinzelns nicht zu übersehen. «Schaut her, wie ich ihn an der Nase herumführe», stand in ihrem Gesicht geschrieben.

Zwei finstere Blicke aus männlichen und ein mitleidsvoller aus weiblichen Augen erwiderten den ihren. Der ganze Blickwechsel dauerte ungefähr eine Sekunde.

«Ich habe Mr Major unsere Bedingungen mitgeteilt», fuhr Mrs Robinson fort. «Drei Pfund pro Woche, beziehungsweise drei Pfund fünfzehn, wenn leichte Hausarbeiten hinzukommen.»

Mr Robinson riß sich die Pfeife aus dem Mund und sagte schnell: «Aber als wir es besprochen haben, hast du doch gesagt...»

«Schwamm drüber», unterbrach ihn Mrs Robinson ebenso schnell. »Ich möchte unsere Preise in Grenzen halten. Ich sage immer: Wir hatten Glück – also laßt es uns mit anderen teilen!» Und wieder zuckte aus ihren Augen der verstohlene Blick geheimen Einverständnisses.

Mr. Robinson, defeated, took up the paper again. This left Arthur as the only defender of the citadel. He stared insolently at Mr Major. "Are you taking the room just for yourself? Or bringing anybody else in?"

"My family are back home," said Mr Major. "In Trinidad," he explained. "Here is their photograph. Three boys and a girl. My wife will bring them when I save the money, like." He took a photograph from his wallet and held it out to Arthur, who frowned and kept his arms by his sides. After a moment Doris took the photograph from Mr Major's hand and looked at it.

"What a nice family," she said, "I expect they miss you."

"Photographs!" said Mrs Robinson's expression. "The lengths these newspapers will go to!"

"I miss *them* every day," said Mr Major simply. "That's why I'm glad to get a room so reasonable. I'm saving every shilling I get. The fare is a lot of money. But," he smiled, "I'll make it."

"This the first place you've tried?" Arthur had not taken his hard stare from Mr Major's face.

"No. I tried several before," said Mr Major briefly.

"Wouldn't have you, I suppose?" Arthur pursued.

"They were full up," said Mr Major. His face was without expression.

Mr Robinson gab sich geschlagen und nahm wieder seine Zeitung auf. Damit blieb Arthur als einziger Verteidiger der Zitadelle. Er musterte Mr Major mit einem anmaßenden Blick. «Ziehen Sie allein ein oder bringen Sie sonst noch jemand mit?»

«Meine Familie ist in der alten Heimat», sagte Mr Major. «In Trinidad», fügte er erklärend hinzu. «Ich habe ein Photo von ihr dabei. Drei Jungen und ein Mädchen. Meine Frau wird sie rüberbringen, wenn ich das Geld beisammen habe.» Er nahm ein Photo aus seiner Brieftasche und hielt es Arthur hin, der die Stirn runzelte und die Arme an den Körper gedrückt hielt. Doris nahm Mr Major das Bild gleich aus der Hand und betrachtete es.

«Was für reizende Leutchen!» sagte sie. «Sie werden Sehnsucht nach dem Vater haben.»

«Photographien!» gab Mrs Robinsons Gesichtsausdruck zu verstehen. «Was die Zeitungen sich das kosten lassen!»

«Ich habe jeden Tag Sehnsucht nach *ihnen*», sagte Mr Major schlicht. «Deswegen bin ich froh, ein so preisgünstiges Zimmer zu bekommen. Ich spare jeden Schilling, den ich verdiene. Die Überfahrt kostet eine Menge Geld. Aber», er lächelte, «ich werde es schon schaffen.»

«Ist unser Haus das erste, bei dem Sie es versucht haben?» Arthur starrte noch immer auf Mr Majors Gesicht.

«Nein, ich habe es schon anderweitig versucht», sagte Mr Major ohne Umschweife.

«Da wollte man Sie wohl nicht haben?» fuhr Arthur fort.

«Es war alles besetzt», sagte Mr Major. Sein Gesicht verriet keine Regung.

A silence filled the room. Mrs Robinson seemed to be debating inwardly whether to throw down the gauntlet and tell the man she knew he was a reporter and not a West Indian at all. Perhaps to avert the hideous farce this would involve, Doris asked nervously, "Do you find it lonely over here?"

"Why, you got any suggestions?" said Arthur in a savage undertone.

"I go to the Social Club a lot," said Mr Major, ignoring Arthur's question or not hearing it. "I have lots of friends down there. Corner of Hubbard Street and Acacia Street. They get a very nice type. No need to spend money. I just drink a cup of tea and I stay and chat with my friends. I tell them, when my family comes over I'll give up tea for a while and celebrate with them."

There was another silence, and Mr Major finally said, "I'll be off down there now. Thank you very much, missis. I'll bring my cases along tomorrow night."

"Where d'you work?" Mr Robinson suddenly asked, as if to pin down a vital piece of information before it was too late.

"On the electric," said Mr Major. Evidently feeling this reply to be sufficiently meaningful, he smiled again, said "Good night to all," and retreated along the hall-way, his shoulder brushing the wall
142 as he went past the umbrella stand.

143 The door closed behind him, and the Robinsons

Schweigen erfüllte den Raum. Mrs Robinson schien mit sich selbst zu kämpfen, ob sie den Fehdehandschuh hinwerfen und dem Mann sagen solle, sie wisse, daß er Reporter und keineswegs ein Neger sei. Vielleicht wollte Doris den schrecklichen Auftritt, der daraus entstehen würde, verhüten, jedenfalls fragte sie nervös: «Fühlen Sie sich einsam hier?»

«Mach doch gleich was aus mit ihm!» schnaubte Arthur gedämpft.

«Ich besuche oft den Gemeindeklub», sagte Mr Major, der Arthurs Bemerkung entweder nicht gehört oder absichtlich überhört hatte. «Ich habe dort viele Freunde. Ecke Hubbard Street – Acacia Street. Das Publikum ist dort sehr nett. Man braucht kein Geld auszugeben. Ich trinke einfach eine Tasse Tee und bleibe sitzen und plaudere mit meinen Freunden. Ich sage zu ihnen immer: Wenn meine Familie herüberkommt, lass ich den Tee mal sein und geh mit ihnen feiern.»

Wieder entstand eine Pause, bis Mr Major schließlich sagte: «Ich gehe jetzt übrigens dorthin. Vielen Dank, Missis. Ich bringe meine Koffer morgen abend vorbei.»

«Wo arbeiten Sie eigentlich?» fragte Mr Robinson plötzlich, wie um noch schnell eine wesentliche Auskunft einzuholen, ehe es zu spät sein würde.

«Bei der Straßenbahn», sagte Mr Major. In der offenkundigen Zuversicht, daß diese Antwort aussagekräftig genug sei, lächelte er wieder, sagte «Gute Nacht allerseits» und entfernte sich durch den Flur, wobei er, um dem Schirmständer auszuweichen, mit der Schulter gegen die Wand streifte.

Die Tür fiel hinter ihm zu, und die Robinsons, unnatürlich

were left in a unnatural silence and stillness: the entire family seemed to have shrunk to four pairs of eyes, three accusing and one defensive.

"All right, go on, Mother," said Mr Robinson at last. "Tell us how you're going to get out of this one."

"What is there to get out of?" Mrs Robinson asked stonily, but with a curious deadness in her voice which indicated that she was playing for time.

"You know good and well what there is to get out of!" Arthur's voice came out high-pitched and unsteady. "You've gone and let the room to a real nigger. You thought you'd be clever and take a rise out of the man, and you've ended up with a nigger in the house along with your own family."

Doris got up abruptly. "I'm off out," she said. "I'll leave you clever ones to sort it out among yourselves. P'raps Dad can find the answer in the Bible."

"You leave the Bible out of this, my girl," said Mr Robinson severely. "There's no call to the blasphemous – bringing the Bible in where it's no call to be."

"How are you so sure that isn't the man with his face blacked?" Mrs Robinson persisted feebly.

"Oh, get your glasses changed, Mum," Arthur snapped. His forehead was red with the enormous anger inside him. "If you can look at a face like his and still think the colour'd *wash off,* you must be more stupid than you look."

still und stumm, blieben allein zurück. Die ganze Familie schien auf vier Augenpaare, drei anklagende und ein sich verteidigendes, reduziert zu sein.

«Bravo, nur so weiter, Mutter», sagte Mr Robinson zu guter Letzt. «Erzähl uns mal, wie du da wieder rauskommen willst!»

«Wieso denn?» fragte Mrs Robinson verstockt, aber mit einer seltsamen Mattigkeit in der Stimme, die erkennen ließ, daß sie Zeit zu gewinnen versuchte.

«Das weißt du ganz genau!» ertönte Arthurs Stimme schrill und sich überschlagend. «Du hast das Zimmer an einen echten Nigger vermietet. Du wolltest wunder wie schlau sein und den Kerl hochnehmen, und dabei hast du es fertig gebracht, einen Nigger bei uns einzuquartieren.»

Doris stand ruckartig auf. «Ich geh noch aus», sagte sie. «Ich lasse euch Schlauberger allein, damit ihr die Sache unter euch ausknobeln könnt. Vielleicht findet Papa eine Antwort darauf in der Bibel.»

«Laß gefälligst die Bibel aus dem Spiel, Mädchen!» sagte Mr Robinson streng. «Es gibt keinen Grund, zu lästern – die Bibel in etwas hineinzuziehen, wo sie nicht hingehört.»

«Woher wollt ihr denn wissen, daß es nicht der Mann mit dem geschwärzten Gesicht war?» versteifte sich Mrs Robinson mit kraftloser Stimme.

«Oh je, laß dir eine andere Brille verpassen, Mama», sagte Arthur unwirsch. Seine Stirn war gerötet von dem gewaltigen Zorn, der in ihm tobte. «Wenn du ein Gesicht wie das seine ansehen kannst und immer noch glaubst, die Farbe ließe sich abwaschen, dann mußt du dümmer sein als du aussiehst.»

"Don't talk to me like that," his mother rallied, glad to have some familiar ground to stand on. "Stupid, is it? You'd all be in a right mess without me, even if I am stupid. Sometimes I think I'll walk out and see how you all get on, you–"

"Don't let's get on the argy-bargy," said Mr Robinson, raising his hand like a traffic policeman. "Arthur, don't talk like that to your mother. And you, Mother, don't take any notice of him. He's overstrained. What we want to know is, how are we going to get out of this mess?"

"That's right," said Arthur fiercely. "Mess is right. The first darkie to come knocking at the door and we take him straight in. Beat that for a mess."

Doris, who had been upstairs to change her dress, came down and poked her head in at the door of the living-room.

"Well?" she said brightly. "Figured your way out of it yet?"

"Don't worry," said Mrs Robinson with dignity, "I'll take another look at him when he comes back, and if it's true that I've made a mistake–I say *if* it's true–I'll soon get rid of him."

"How?" Doris asked. Her voice lost its lightness and she drew her brows together. "What d'you mean?"

"You don't think I'm really going to have a darkie in my house?" asked Mrs Robinson simply.

«Sprich nicht so mit mir!» rappelte sich seine Mutter auf, froh, vertrautes Gelände unter sich zu spüren. «Dumm, hast du gesagt, nicht wahr? Ohne mich wäret ihr alle ganz schön aufgeschmissen, auch wenn ich dumm bin. Manchmal würde ich am liebsten auf- und davongehen und zuschauen, wie ihr alle weiterkommt, ihr...»

«Fangen wir nicht mit dem alten Hickhack an!» sagte Mr Robinson und hob die Hand wie ein Verkehrsschutzmann. «Arthur, sprich nicht so zu deiner Mutter! Und du, Mutter, nimm keine Notiz von ihm! Er ist überreizt. Wir wollen jetzt darüber nachdenken, wie wir aus dem Schlamassel wieder rauskommen.»

«Jawohl», sagte Arthur wütend. «Schlamassel ist das richtige Wort. Der erstbeste Neger klopft an unsere Tür, und wir nehmen ihn ohne weiteres auf. Höher geht's nicht.»

Doris, die sich oben umgezogen hatte, kam herunter und streckte den Kopf zur Wohnzimmertür herein.

«Na», sagte sie vergnügt. «Schon einen Ausweg gefunden?»

«Keine Sorge», sagte Mrs Robinson würdevoll, «ich seh ihn mir nochmal an, wenn er zurückkommt, und wenn es stimmt, daß ich einen Fehler gemacht habe – wohlgemerkt, wenn es stimmt – dann habe ich ihn bald wieder los.»

«Und wie, wenn ich fragen darf?» wollte Doris wissen. Ihre Stimme verlor ihre Ungezwungenheit, und eine Querfalte erschien auf ihrer Stirn. «Was hast du vor?»

«Du wirst doch nicht glauben, daß ich tatsächlich einen Neger in meinem Haus dulde», sagte Mrs Robinson nüchtern.

Doris looked for a long moment at her mother's impassive face. Then, silent, she turned and went down the hallway. The front door banged.

"What's the scheme, then, Mum?" asked Arthur. He felt in his jacket pocket for cigarettes, and looked across at her hopefully.

"When he comes back," said Mrs Robinson, "I shall just tell him there's been a mistake and he can't have the room after all."

"A mistake?" Arthur was disappointed. "What kind of a mistake would that be, then? How can it be all right for him to have the room one evening, and not all right the next? You'll have to do better than that."

"Yes, Mother," Mr Robinson umpired from his armchair, "you'll have to give him a reason."

"Reason?" said Mrs Robinson massively, "*reason?* Whose house is it?"

"You've offered a room to let," said Mr Robinson, "a man's taken it, and even if he is a blackie you can't just tell him you've changed your mind."

"Think what the papers'd print about *that,*" said Arthur. He'd go straight and sell 'em the story for fifty quid. They know where the money is."

"All right," said Mrs Robinson placidly. "P'raps we'll have to have him in the place for a day or two. But it won't be long. He'll soon put a foot wrong and as soon as he does I'll have him out."

Doris betrachtete eine ganze Weile das unbewegte Gesicht ihrer Mutter. Dann wandte sie sich wortlos ab und durchquerte den Flur. Die Haustür krachte ins Schloß.

«Also: was führst du im Schilde, Mama?» fragte Arthur. Er fischte in seiner Jackentasche nach Zigaretten, während er einen hoffnungsvollen Blick auf seine Mutter richtete.

«Wenn er zurückkommt», sagte Mrs Robinson, «werde ich ihm einfach sagen, daß ein Versehen passiert ist und er das Zimmer doch nicht haben kann.»

«Ein Versehen?» Arthur war enttäuscht. «Was für ein Versehen könnte das sein? Wie kann es mit rechten Dingen zugehen, daß er das Zimmer heute bekommt und morgen nicht? Da mußt du dir etwas Besseres einfallen lassen.»

«Jawohl, Mutter», entschied Mr Robinson von seinem Sessel aus. «Du wirst ihm einen Grund sagen müssen.»

«Einen Grund?» sagte Mrs Robinson aufbrausend. «Einen Grund? Wem gehört denn das Haus?»

«Du hast ein Zimmer zur Vermietung angeboten», sagte Mr Robinson. «Jemand hat es genommen, und selbst wenn es ein Neger ist, kannst du ihm nicht einfach sagen, du hättest es dir anders überlegt.»

«Stell dir vor, was die Zeitungen *darüber* drucken würden», sagte Arthur. «Er würde schnurstracks hingehen und ihnen die Geschichte für fünfzig Pfund verkaufen. Die Brüder wissen doch, wo was zu verdienen ist.»

«Na wenn schon», sagte Mrs Robinson gelassen. «Wir müssen ihn wohl ein, zwei Tage im Haus behalten. Aber lange wird es nicht dauern. Über kurz oder lang läßt er sich etwas zu schulden kommen, und dann fliegt er raus.»

"Put a foot wrong?" Arthur queried. "Like how?"

"Like anything at all," said Mrs Robinson. "The lodger never lived who didn't leave the bathroom dirty, or smoke in bed or make a noise taking his boots off at night, or have undesirables in his room. If you take a lodger, you have to make all sorts of allowances or else you'd be asking him to move out within three days. Well, this one'll be on his way quicker than that." She gave a short, scornful laugh. "I haven't lived fifty years to end up not being mistress in my own house."

Arthur, contented, lit his cigarette and began to fiddle with the television set. Mr Robinson, holding the evening paper on his knee, looked over at his wife's face. For the first time in twenty years, he looked at Mrs Robinson and really saw her. Then, slowly, his eyes dropped and he went on reading the paper.

«Zuschulden kommen?» fragte Arthur zweifelnd. «Was denn zum Beispiel?»

«Na, irgend etwas», sagte Mrs Robinson. «Den unfehlbaren Mieter hat's noch nie gegeben: Der eine hinterläßt ein schmutziges Badezimmer, der andere raucht im Bett, der dritte macht abends Krach beim Stiefelausziehen, und der vierte lotst unerwünschte Leute mit aufs Zimmer. Wenn man einen Untermieter nimmt, muß man ihm viel durchgehen lassen, oder man kündigt ihm lieber gleich in den ersten drei Tagen. Na ja, und der da wird noch schneller draußen sein.» Sie lachte auf, kurz und verächtlich: «Ich bin doch nicht fünfzig Jahre alt geworden, um in meinen eigenen vier Wänden nicht mehr schalten und walten zu können.»

Arthur zündete zufrieden seine Zigarette an und begann, am Fernseher herumzudrehen. Mr Robinson, die Zeitung auf den Knien haltend, blickte hinüber auf das Gesicht seiner Frau. Zum ersten Mal in zwanzig Jahren betrachtete er Mrs Robinson und sah, wie sie wirklich war. Dann senkte er langsam die Augen und las weiter in der Zeitung.

I was twenty that autumn. It was quite simple the way it happened. I noticed her for the first time on the bus on the journey home from the office one Friday afternoon and fell in love with her on the spot. I pointed her out with studied casualness to my friends Larry and Peter, but neither of them knew her.

I thought about her all weekend and looked out for her every afternoon of the following week. But it wasn't until Friday that I saw her again; for although this was the only afternoon my office closed at five, she evidently travelled at the same time every day. So I watched for her on the one day only and a Friday without my seeing her left me downcast for days, my spirits rising only when the weekend was well behind and another Friday approaching fast.

For weeks I was content just to look at her: to get on to the bus, my heart racing with excitement at the possibility of seeing her and, if it was a lucky Friday, taking a seat from which I could observe without being noticed and gazing at her all the way

Stan Barstow: Eine flüchtige Bekanntschaft

Es war im Herbst, und ich war zwanzig Jahre alt. Wie es passierte, war ganz einfach. Ich bemerkte sie zum ersten Mal an einem Freitagnachmittag in dem Bus, mit dem ich vom Büro nach Hause fuhr, und verliebte mich in sie auf der Stelle. Mit gespielter Gleichgültigkeit machte ich meine Freunde Larry und Peter auf sie aufmerksam, aber keiner von ihnen kannte sie.

Ich dachte an sie das ganze Wochenende und hielt an jedem Nachmittag der Woche darauf die Augen offen. Aber erst am Freitag sah ich sie wieder; es war der einzige Wochentag, an dem ich um fünf Uhr Dienstschluß hatte, während sie offenbar täglich zur selben Zeit nach Hause fuhr. Also schaute ich nur noch an diesem einen Tag nach ihr aus. Verging allerdings ein Freitag, ohne daß ich sie sah, so fühlte ich mich tagelang elend und bekam erst wieder Auftrieb, wenn das Wochenende eine Weile zurück lag und ein neuer Freitag eilends näher rückte.

Mehrere Wochen begnügte ich mich damit, sie einfach anzuschauen. Schon beim Einsteigen in den Bus jagte mein Herz vor Erregung, sie vielleicht zu sehen. War es zudem Freitag – mein Glückstag – so wählte ich einen Sitzplatz, von dem ich sie unbemerkt während der ganzen Fahrt zur Stadt

into town. In the bus station, where we both alighted, I'd stand and watch her cross to her connection, small, straightbacked, with a poise that singled her out from her contemporaries, and a slight haughtiness in the set of her head and the cool glance of brown eyes in a heart-shaped face that chilled in me any notion of a brash approach, a high-handed sweeping aside of the formalities that stood between us.

One Friday afternoon she was talking to another girl as I boarded the bus and brushed past her. I heard her addressed as Joyce. It excited me to have a name by which to think of her. It identified her and made me determined to find out still more about her.

That same afternoon I followed her across the bus station and got on to the same bus. It took us out to the other side of town. An acute fear of appearing conspicuous stopped me from following her to her door, but I watched where she alighted, and at the next stop I jumped off myself and caught a bus back into town. Now I knew her first name and roughly where she lived, and as I rode home I thought that with this increase in my knowledge of her the time was surely approaching when we should meet and really know each other. As it was now, I thought with sudden gloom, she was probably not even aware of my existence, let alone my feeling
154 for her.

155 As the weeks passed by with no progress made I

beobachten konnte. Auf dem Busbahnhof, wo wir beide ausstiegen, blieb ich stehen und sah ihr nach, wie sie zu ihrem Anschlußbus hinüberging: klein und kerzengerade, mit einer Haltung, die sie aus der Menge gleichaltriger Mädchen heraushob. Der hocherhobene Kopf und die kühl blickenden braunen Augen in dem herzförmigen Gesicht ertöteten in mir jeden Gedanken an eine kecke Annäherung, an eine selbstherrliche Mißachtung der uns trennenden Förmlichkeiten.

Eines Freitagnachmittags plauderte sie gerade mit einem anderen Mädchen, als ich den Bus bestieg und an ihr vorbeistrich. Ich hörte, wie sie mit dem Namen Joyce angesprochen wurde. Ich war ganz aus dem Häuschen, einen Namen zu haben, unter dem ich fortan an sie denken könnte. Er erst gab ihr Identität, er erst ließ in mir den Entschluß reifen, noch mehr über sie in Erfahrung zu bringen.

Noch am selben Nachmittag folgte ich ihr über den Busbahnhof und stieg in den gleichen Bus ein. Wir fuhren zur anderen Stadtseite hinaus. Eine heftige Angst, Aufsehen zu erregen, hielt mich davon ab, ihr bis zu ihrer Haustür zu folgen; aber ich paßte auf, wo sie ausstieg, und sprang an der nächsten Haltestelle selbst heraus, um in die Stadt zurückzufahren. Jetzt wußte ich also, wie sie mit Vornamen hieß und wo sie ungefähr wohnte. Wenn mein Wissen über sie so zunahm, überlegte ich beim Heimfahren, würde es bestimmt nicht lange dauern, bis wir uns begegnen und näher kennen lernen würden. Vorderhand freilich, dachte ich plötzlich verzagt, hatte sie wahrscheinlich keine Ahnung von meiner Existenz, ganz zu schweigen von meinen Gefühlen für sie.

Als die Wochen ohne weitere Fortschritte vergingen,

began, on the evenings when I could leave my studies, to take longs walks into the district where she lived. I'd get off the bus and stroll up the road which wound away over the hill and into the next valley. On the brow of the hill I'd stop for a while, leaning on the wall and looking out over the dark forest of chimneys at the lights of the town.

Away in the distance, on my left, I could see the lighted windows of a huge mill working the night shift. It seemed to me like a great ship floating on a sea of night; full of souls, hundreds of people, whom I would never see and never know. I thought then of the wonderful chance that had singled Joyce out for me; and it seemed to me in some way preordained that that same chance would eventually bring us together. I was sure of it.

From the top of the hill I wandered back through sidestreets and looked at the curtained windows of strange houses and wondered if she was inside, living her life. On all these rambles through the lamplit streets, which though strange at first soon became familiar to me, I cherished vague dreams of suddenly coming face to face with her and having the right words to say. But I didn't see her once. I went on, living in a kind of suspense, loving her from a distance, waiting for the miracle that would bring us together. Until Christmas was only a fortnight away. And then it happened.

begann ich, an den Abenden, an denen ich nicht studieren mußte, lange Spaziergänge in das Viertel zu unternehmen, in dem sie wohnte. Ich stieg aus dem Bus und schlenderte die Straße hinauf, die in Windungen über die Höhe hinüber ins nächste Tal führte. Oben angekommen, blieb ich eine Weile stehen und schaute, an eine Mauer gelehnt, über einen düsteren Wald von Schornsteinen hinweg auf die Lichter der Stadt.

Linker Hand in der Ferne konnte ich die erleuchteten Fenster einer riesigen Fabrikhalle sehen, in der die Nachtschicht arbeitete. Sie erschien mir wie ein großes Schiff, das auf nachtschwarzer See dahinglitt, voller Einzelschicksale, mit Hunderten von Menschen an Bord, die ich nie kennen lernen würde. Ich dachte dann über das wundersame Schicksal nach, das Joyce für mich bestimmt hatte; und es schien mir irgendwie vorgezeichnet, daß dasselbe Schicksal uns schließlich zusammenführen würde. Ich glaubte fest daran.

Wenn ich dann von der Höhe herab durch Seitenstraßen zurückwanderte, blickte ich zu den zugezogenen Fenstern fremder Häuser empor und fragte mich, ob sie dort lebte, atmete. Auf all diesen Wanderungen durch die von Laternen beleuchteten Straßen, die, wenn auch anfänglich fremd, mir zusehends vertrauter wurden, schwelgte ich in wirren Träumen, in denen ich ihr plötzlich gegenüber stand und das rechte Wort zu sagen wußte. Doch ich sah sie nicht ein einziges Mal. Und so ging es weiter: Ich lebte in einem Zustand der Spannung, liebte sie aus der Ferne und wartete auf das Wunder, das uns zusammenführen würde. Bis vierzehn Tage vor Weihnachten. Da geschah es.

On that Saturday, two weeks before Christmas, I was in town, pressing through the throngs of shoppers to choose presents for my family. I was looking at socks in a department store when she turned her head and showed me her dear face, three counters away. I forgot my own errands at once and made my way towards her. I had no idea of accosting her but as she moved on, absorbed in her own shopping, I followed behind. She was by herself.

I kept her in sight all round the store until, at last, with her shopping bag and basket both filled, she made for the door. Alarmed then at the thought of losing her on the busy street, I pushed forward until I was immediately behind her.

I was so close I could have reached out and touched her at the moment the handle of her bag broke and half the contents spilled out on to the floor. She gave an exclamation of annoyance, and before I realised it I was down on my hands and knees picking up packages and putting them back in the bag.

'There.' We looked at each other as I straightened up, and I was chilled by the lack of recognition in her eyes and in a curious way astounded that she couldn't tell simply by looking at me that I'd been yearning for her all those months.

She thanked me and held out her hand for the bag,
158 which I was holding under my arm.

159 'Please let me carry it for you.' I motioned to her

An diesem Samstag, zwei Wochen vor Weihnachten, war ich in der Stadt und drängte mich durch das Gewühl von Käufern, um Geschenke für meine Familienangehörigen auszuwählen. In einem Kaufhaus schaute ich mich gerade nach Socken um, als sie, drei Verkaufstische weiter, den Kopf wandte und mir ihr Gesichtchen zeigte. Ich vergaß sofort meine Besorgungen und strebte auf sie zu. Ich hatte nicht im Sinn, sie anzusprechen, sondern folgte ihr nur, während sie sich, in ihr Einkaufen vertieft, weiter von mir entfernte. Sie war allein.

Ich behielt sie auf ihrem ganzen Weg durch das Kaufhaus im Auge, bis sie endlich, mit schwerer Tasche und vollem Korb, den Ausgang zu erreichen suchte. Da drängte ich mich, besorgt, sie auf der belebten Straße zu verlieren, nach vorn, bis ich dicht hinter ihr stand.

Ich war ihr so nahe, daß ich sie mit ausgestreckter Hand hätte berühren können. In diesem Augenblick riß der Griff ihrer Tasche, und der halbe Inhalt verstreute sich über den Fußboden. Sie tat einen ärgerlichen Ausruf, während ich, ehe ich mich's versah, auf Händen und Knien kroch, um Päckchen aufzusammeln und sie in die Tasche zurückzubefördern.

«Fertig!» sagte ich, als ich mich aufrichtete. Wir sahen einander an, und ich fühlte mich ernüchtert über das Ausbleiben eines Erkennens in ihren Augen und eigenartig berührt, daß mein bloßer Anblick ihr nicht sagte, wie sehr ich mich all die Monate nach ihr gesehnt hatte.

Sie dankte mir und streckte die Hand nach der Tasche aus, die ich unter dem Arm hielt.

«Bitte lassen Sie das mich tragen!» sagte ich mit einem

basket. 'You cant't manage them both; this handle's useless now.'

'It's very kind of you.' Her voice was doubtful, and I said, 'I can see you don't know me. But I know you. I've seen you nearly every Friday on the bus into town.'

Was it politeness or a genuine glimmer of recognition in her eyes now, as she said. 'I thought there was something familiar about your face.'

It was enough for me for the moment. We moved by common consent out of the store and on to the teeming pavement. There I looked at her. 'Which way?' I asked, and she smiled at my persistence.

'I've finished my shopping, so if you wouldn't mind walking to the bus station...'

'I was going that way myself,' I lied.

'I'm not taking you out of your way, then.' She gave me another of those smiles which seemed to turn my heart right over. 'But it really is very good of you.'

We walked along in comparative silence. I had the reputation among my friends of being something of a wit; but now I was almost tongue-tied and could think of only the most commonplace remarks. And soon we'd be in the bus station and it would all be over.

'This is really lucky for me,' I said all at once.

160 She glanced up at me. 'Oh?'

161 'Yes. I've seen you quite a lot these past few

Wink auf ihren Korb. «Beides schaffen Sie nicht; der Griff hier ist kaputt.»

«Das ist sehr lieb von Ihnen.» Ihre Stimme klang unschlüssig, und ich sprach schnell weiter: «Ich sehe, daß Sie mich nicht kennen. Aber ich kenne Sie. Ich sehe Sie fast jeden Freitag im Bus, wenn Sie in die Stadt fahren.»

War es nur Höflichkeit, oder leuchtete jetzt echtes Erkennen in ihren Augen auf? Jedenfalls sagte sie: «Ja doch, irgendwie kam mir Ihr Gesicht bekannt vor.»

Dies genügte mir für den Augenblick. Wir verließen, wie in stillschweigender Vereinbarung, das Kaufhaus und betraten den von Menschen wimmelnden Bürgersteig. Dort blickte ich ihr ins Gesicht. «Wohin?» fragte ich, während sie über meine Hartnäckigkeit lächelte.

«Ich bin mit dem Einkaufen fertig. Jetzt müßte ich zum Busbahnhof, wenn es Ihnen nichts ausmacht.»

«Ich habe den gleichen Weg«, log ich.

«Dann machen Sie also keinen Umweg meinetwegen.» Sie schenkte mir erneut ein Lächeln, das mir tief ins Herz drang. «Es ist wirklich reizend von Ihnen.»

Wir gingen ziemlich einsilbig nebeneinander her. Ich war unter meinen Freunden wegen meines Mundwerks bekannt, aber jetzt hatte ich die Sprache verloren und brachte nur die banalsten Bemerkungen über die Lippen. Jetzt würden wir gleich den Busbahnhof erreichen, und alles würde aus sein.

«Ich habe heute wirklich Glück», sagte ich plötzlich.

«Oh?» sagte sie und blickte zu mir auf.

«Ja. Ich habe Sie in den letzten Monaten ziemlich oft

months and I've wanted an excuse to speak to you.'

'Oh?' she said again.

'I couldn't simply walk up to you and start talking, could I? You know with some girls you could, but not you.'

We had stopped on a corner now and she was gazing at me with hazel eyes full of bland sophistication that made me feel fourteen years old. I felt that I was on the verge of a blush; but I was determined to see it through. I might never have another chance. She glanced at her watch and I blurted out, 'Well, you see, the idea was that I should ask you to come out with me some evening.'

'But I don't know you,' she said.

'That's the trouble,' I said, feeling smaller and more foolish with every second she went on gazing up at me. 'But how else can we get to know each other?'

'No,' she said, freeing me from her direct gaze at last. 'I see your point. But I'm afraid I couldn't. My boy friend wouldn't like it, you see.'

'Oh! Your boy friend.' What a fool I was! Seeing her always alone, I'd never considered the most obvious point–that someone else might have a prior claim on her.

She went on, blasting all my hopes and driving
162 me deeper into confusion. 'He doesn't live round
163 here and we only see each other at weekends; but he

gesehen und mir immer einen Vorwand gewünscht, Sie anzusprechen.»

«Oh?» sagte sie wieder.

«Ich konnte doch nicht einfach auf Sie zugehen und Sie anquasseln, oder? Bei manchen Mädchen ginge das, aber nicht bei Ihnen.»

Wir waren an einer Ecke stehen geblieben, und ihre nußbraunen Augen betrachteten mich mit einer nachsichtigen Erfahrenheit, neben der ich mir wie ein Vierzehnjähriger vorkam. Ich fühlte mich dem Erröten nahe, aber ich war entschlossen, es durchzustehen. Ich würde vielleicht nie mehr eine Chance bekommen. Sie sah auf die Uhr, und ich platzte heraus: «Eigentlich – wissen Sie – wollte ich Sie bitten, mit mir einmal abends auszugehen.»

«Aber ich kenne Sie doch gar nicht», sagte sie.

«Das ist es ja!» brachte ich hervor und fühlte mich mit jeder Sekunde, die sie länger zu mir aufblickte, kleiner und lächerlicher. «Aber wie können wir uns denn sonst kennen lernen?»

«Es geht nicht», sagte sie und ließ mich endlich aus ihrem unverwandten Blick. «Ich verstehe. Aber es tut mir leid, ich kann nicht. Mein Freund hätte es nicht gern, wissen Sie?»

«Ach so, Ihr Freund!» Was war ich doch für ein Narr! Da ich sie immer allein sah, hatte ich nie an das Nächstliegende gedacht: daß ein anderer bereits einen Anspruch auf sie besitzen könnte.

Während sie weitersprach, machte sie alle meine Hoffnungen zunichte und trieb mich noch tiefer in Verlegenheit. «Er wohnt nicht hier in der Gegend, und wir sehen uns nur am

wouldn't like me to go out with anybody else during the week.'

'No,' I babbled. 'No, of course not.' All I could think of now was what a fool I must look to her. I gave her back her shopping bag. 'I'm sorry I said anything.'

Going home, I thought that these things worked only in books or on the films; in real life you were just made to look silly. And it was pride that was really uppermost in my mind now. So long as she didn't turn the incident into a joke to tell to her friends, it mightn't be too bad. I'd told nobody about her; not even Larry and Peter; and I was even less inclined to take them into my confidence now.

But when that confusion had left me I realised that the setback had not changed my feelings about her. I abandoned my evening walks but still watched for her on Friday afternoons. And now the ice was broken; we could greet each other as acquaintances, and she did at least acknowledge my existence by letting me ride with her into town and talking with me while we waited for our connections. Sometimes Peter, who lived out in my direction, would be with us, but more often we were alone. All the rest of the winter my mind was full of her, and the idea that, if only I were patient, she might one day turn to me became the great impossible dream of my life. My feeling for her deepened steadily, strengthened by the very absence of encourage-

Wochenende; aber es wäre ihm nicht recht, wenn ich die Woche über mit jemand anderem ausgehen würde.»

«Nein», stammelte ich. «Natürlich nicht.» Alles, woran ich jetzt denken konnte, war, wie albern ich ihr erscheinen mußte. Ich gab ihr die Einkaufstasche zurück. «Verzeihen Sie, daß ich Sie angesprochen habe!»

Auf dem Nachhauseweg kam mir der Gedanke, daß derlei Dinge nur in Romanen und Filmen gut ausgehen konnten; im wirklichen Leben blamierte man sich nur damit. Und jetzt gewann der Stolz die Oberhand in mir. Solange sie den Vorfall nicht als Ulk ihren Bekannten weitererzählte, war es halb so schlimm. Ich selbst hatte niemandem von ihr erzählt, nicht einmal Larry und Peter; und jetzt war ich noch viel weniger geneigt, die beiden in mein Vertrauen zu ziehen.

Doch als sich der Aufruhr in mir gelegt hatte, mußte ich feststellen, daß meine Abfuhr nichts an meinen Gefühlen für sie geändert hatte. Ich gab zwar meine abendlichen Spaziergänge auf, hielt aber freitags noch immer Ausschau nach ihr. Und jetzt war das Eis gebrochen; wir konnten uns als gute Bekannte begrüßen, und sie beachtete meine Existenz wenigstens insofern als sie mich im Bus zur Stadt neben sich sitzen ließ und beim Warten auf unsere Anschlüsse mit mir plauderte. Manchmal fuhr Peter mit, doch meistens waren wir allein. Den ganzen restlichen Winter erfüllte sie all meine Gedanken, und die Vorstellung, sie könnte, wenn ich nur geduldig wäre, sich eines Tages mir zuwenden, wurde zum großen Wunschtraum meines Lebens. Meine Gefühle für sie, durch den Mangel an Hoffnung eher noch bestärkt, gewannen zunehmend an Tiefe, bis mir alles, was eine Frau an Wundern

ment, until it seemed to me that all the wonder and delight of Woman was contained in her sweet and gentle self. And, sustained by my dream, I went on wooing her passively by my presence on those short homeward journeys on the one afternoon in the week.

On an afternoon in March, with the days lengthening into spring, we stood together chatting idly in the bus station. I was talking about a film I'd seen at the weekend. She mentioned then that she'd spent the weekend indoors and, wondering at this, I mentioned my unknown rival for the first time.

'He's neglected you for once, then?' I said, trying to keep my voice light.

'For always,' she said. 'It's over. It has been for weeks.'

My heart gave a tremendous leap of joy. Over! Then there was nothing to stop her going out with me.

'Are you still thinking about that?'

'Of course.' Oh, God, wasn't it all I'd been able to think about since I first saw her!

'But why?' she said, and it seemed to me that there was a great weariness in her voice. 'We're friends, aren't we? Isn't that enough for you?'

'It can never be enough.'

'But why?' she said again.

'Because ... because I like you too much.' No, it

und Wonnen zu bieten hat, in diesem lieben, anmutigen Wesen verkörpert schien. Getragen von diesem Traum, warb ich weiter um sie – gleichsam passiv – durch meine Begleitung auf der kurzen Nachhausefahrt, an dem einen Nachmittag in der Woche.

Es war an einem Nachmittag im März, die länger werdenden Tage kündeten den Frühling an. Wir standen gemütlich plaudernd auf dem Busbahnhof, und ich erzählte ihr von einem Film, den ich mir am Wochenende angesehen hatte. Als sie darauf bemerkte, sie habe das Wochenende zu Hause verbracht, tat ich erstaunt und spielte zum ersten Mal auf meinen unbekannten Rivalen an.

«Dann hat er Sie also einmal vernachlässigt?» sagte ich mit betonter Leichtigkeit.

«Für immer», sagte sie. «Es ist aus. Schon seit mehreren Wochen.»

Mir hüpfte vor Freude das Herz im Leibe. Es war aus! Dann konnte sie nichts mehr daran hindern, mit mir auszugehen.

«Denken Sie noch immer an damals?» fragte sie leise.

«Natürlich.» Oh Gott, war es nicht das einzige, woran ich denken konnte, seitdem ich sie zum ersten Mal gesehen hatte?

«Aber warum?» fragte sie, und ich glaubte, eine große Müdigkeit in ihrer Stimme zu entdecken. «Wir sind Freunde, nicht wahr? Genügt Ihnen das nicht?»

«Nein, auf keinen Fall!»

«Aber warum denn?» fragte sie erneut.

«Weil ... weil ich Sie zu gern habe.» Nein, so war es nicht

wasn't good enough. I had to say it, even here in broad daylight, among streams of people. I must say it. 'Because I love you.'

She shook her head. 'It's no use. I'm sorry, Clive, but it could only lead to disappointment. People never live up to expectation, you know.'

It needed only one word from her to make my world a place of life and joy and laughter; and I was shocked by the disillusionment in her voice. 'Why ... that's defeatism! Look, maybe you are a bit cut up just now, but you can't look at life in general like that.'

'It's the way things are,' she said with quiet finality. 'It's the way it goes.'

I could only think she had loved him very much, and envy him for that. Whatever had happened between them had hurt her badly. Frantically, I searched for something else to say, then gave it up as I realised that it was no good. I knew with miserable certainty that it never had been.

I saw her several times more before summer came, bringing with it the end of my deferment and a summons to serve a postponed period of National Service.

I took a job in Wales when I came out of the army and it was only on infrequent weekends that I went home to see my family. As time went by I lost touch
168 with Larry and Peter and I saw neither of them for
169 several years until I ran into Larry quite accidental-

deutlich genug. Ich mußte es ihr sagen, hier und am hellichten Tage, inmitten eines Gewimmels von Menschen. Ich mußte es ihr einfach sagen. «Weil ich Sie liebe.»

Sie schüttelte den Kopf. «Das hat doch keinen Sinn. Es tut mir leid, Clive, aber es würde nur zu Enttäuschungen führen. Man erwartet immer zu viel vom anderen, wissen Sie?»

Es hätte nur eines Wortes von ihr bedurft, um mein Dasein mit überquellender Lebensfreude zu erfüllen; so aber war ich betroffen über den resignierten Ton in ihrer Stimme. «Aber ... das ist ja Selbstaufgabe! Sehen Sie, Sie sind jetzt vielleicht noch ein bißchen mitgenommen, aber Sie können das Leben doch nicht generell so betrachten.»

«So ist es aber nun einmal», sagte sie mit gelassener Entschiedenheit. «Das ist der Lauf der Welt.»

Ich konnte mir nur vorstellen, daß sie ihn sehr geliebt hatte, und beneidete ihn darum. Was immer zwischen den beiden vorgefallen war, hatte sie tief verletzt. Krampfhaft suchte ich nach weiteren Worten, doch dann wurde mir klar, daß es keinen Zweck hatte, und ich gab es auf. Ich wußte mit der Gewißheit der Verzweiflung, daß es von Anfang an keinen Zweck gehabt hatte.

Ich sah sie noch mehrere Male, bevor der Sommer kam, der das Ende meiner Zurückstellung und die Einberufung zum Wehrdienst mit sich brachte.

Als ich vom Militär entlassen wurde, trat ich eine Stelle in Wales an und kam nur noch selten über das Wochenende zu meinen Eltern nach Hause. Mit der Zeit verlor ich den Kontakt zu Larry und Peter und sah mehrere Jahre keinen von beiden, bis mir bei einem Besuch zu Hause Larry zufällig

ly while on a visit home. It was lunchtime and we went into a pub to talk over a glass of beer. Larry had been working away too–in London–but he'd married now and returned to settle in his home town.

'And Peter', I said when we'd gossiped for a while. 'What's he doing nowadays?'

'He's in the Merchant Navy. Third Engineer. Or is it Fourth? I forget now.'

'I seem to remember hearing he'd got married too.'

'Lord, yes!' Larry's ugly mobile face screwed itself into a grimace of disgust. 'Bought himself a real packet there. He signed on to get away from it all.'

'As bad as that, eh? Who did he marry? A local girl?'

'Called Joyce Henryson. Used to work up the road from us. That's how he met her. On the bus.'

'Joyce Henryson?' Could it be? I tried to analyse the feeling the name evoked in me. How long since she'd been in my thoughts? I could almost feel myself blushing now at my past folly. But trouble?

'That's right,' Larry said. 'You knew her. You used to ride down into town with her, didn't you? I remember thinking at one time that you'd a fancy for her yourself.'

'And you say old Peter went to sea to get away from her?'

über den Weg lief. Es war Mittagspause, und wir gingen in eine Kneipe, um uns bei einem Glas Bier zu unterhalten. Larry hatte ebenfalls auswärts gearbeitet – in London – aber er hatte inzwischen geheiratet und sich in seiner Heimatstadt niedergelassen.

«Und Peter?» fragte ich, als wir eine Weile geplaudert hatten. «Was treibt denn der zur Zeit?»

«Er ist bei der Handelsmarine. Dritter oder vierter Ingenieur – ich weiß nicht mehr genau.»

«Ich glaube, ich habe gehört, daß auch er geheiratet hat.»

«Oh Gott, ja!» Larrys häßliches, lebhaftes Gesicht verzog sich zu einer Grimasse der Abwehr. «Der hat sich da was eingebrockt! Ist dann zur Marine gegangen, um wegzukommen.»

«Was, so schlimm? Wen hat er denn geheiratet? Ein Mädchen von hier?»

«Eine Joyce Henryson. Die ging weiter oben in unserer Straße zur Arbeit. Da hat er sie kennen gelernt. Im Bus.»

«Joyce Henryson?» entfuhr es mir. War es die Möglichkeit? Ich versuchte, das Gefühl zu analysieren, das der Name in mir erweckte. Wie lange war es her, daß sie meine Gedanken beherrschte? Es war mir, als müßte ich über meine damalige Torheit erröten. Aber wieso gab es Kummer mit ihr?

«Richtig», hörte ich Larry sagen. «Du hast sie gekannt. Du bist mit ihr immer in die Stadt gefahren, nicht wahr? Ich weiß noch, wie ich einmal dachte, du hättest selbst einen Narren an ihr gefressen.»

«Und du sagst, daß Peter zur See gegangen ist, um von ihr wegzukommen?»

'He certainly did, mate. What a so-and-so she turned out to be! He always knew she liked a good time, mind. He was mad about her, but after they were married he just couldn't keep up with her. He wrote to me and I got him a job with my firm in London. The money was better but she wouldn't move and he was no better off, trying to keep both ends going and seeing her only once every few weeks.'

I drank from my glass, listening to him.

'A sorry tale, Clive. Then ... well, he eventually found out that she was carrying on with a bloke she'd known years back. A married man. Seemed she'd had an unhappy affair with him then, and now he'd left his wife and there was nothing standing between them but poor old Peter.

She seemed to blame him for that. I tell you, she got him so he didn't know what he was doing. And you know what a steady lad he always was.'

I nodded. 'It'll be divorce, then?'

'The sooner he gets rid, the better.'

We drank in silence for some minutes.

'No signs of you getting hitched, then, Clive?'

'No ... I haven't found the right one, I suppose.'

'Yes, it's fine if you get the right one; and hell if you pick a wrong 'un.'

172 'You know,' I said in a moment, 'she never struck
173 me as being that sort.'

«Genau das hat er getan, mein Lieber. Kaum zu glauben, wie sich das Weib entpuppt hat! Er wußte freilich von Anfang an, daß sie sich gern amüsierte. Er war in sie vernarrt, aber als sie verheiratet waren, kam er einfach nicht mehr mit dem Geldverdienen nach. Er schrieb mir, und ich beschaffte ihm einen Posten bei meiner Firma in London. Er verdiente dort mehr, aber sie wollte nicht umziehen, und so stand er sich nicht besser, auch wenn er sich noch so einschränkte und nur alle paar Wochen zu ihr nach Hause fuhr.»

Ich tat einen Schluck und hörte ihm zu.

«Eine traurige Geschichte, Clive. Dann ... na ja, schließlich kam er darauf, daß sie es mit einem Kerl trieb, den sie aus früheren Jahren kannte. Es war ein verheirateter Mann. Allem Anschein nach hatte sie damals ein unglückliches Verhältnis mit ihm gehabt, aber nun hatte er seine Frau verlassen, so daß ihrem Glück nichts mehr im Wege stand als unser armer Freund. Offenbar ließ sie ihn das fühlen. Ich kann dir sagen, sie brachte ihn so weit, daß er nicht mehr ein und aus wußte. Und du weißt doch, was für ein ausgeglichener Junge er immer war.»

Ich nickte. «Dann kommt es also zur Ehescheidung?»

«Je früher er frei kommt, desto besser.»

Wir tranken einige Minuten, ohne zu sprechen.

«Und du, Clive? Immer noch an keiner hängen geblieben?»

«Nein ... ich habe wohl noch nicht die Richtige gefunden.»

«Ja, es ist schön, wenn man die Richtige findet; und die Hölle, wenn man eine Niete zieht.»

«Weißt du», sagte ich, ohne darauf einzugehen, «sie hat mir eigentlich nie diesen Eindruck gemacht.»

'Nor Peter, evidently. Still, you never did know her well, did you?'

I looked at the amber dregs of my beer. Of course I was thinking–would it have been different with me? Could I have held her or would I have got the same rotten deal as Peter? And how rotten did the deal seem to her? They were things I'd never know.

'No,' I said at length. 'No, she was just a casual acquaintance.'

«Dem Peter wohl auch nicht. Aber du hast sie doch gar nicht näher gekannt, oder?»

Ich betrachtete den gelb-braunen Bodensatz in meinem Bierglas. Unwillkürlich dachte ich: Wäre es mir anders ergangen? Hätte ich sie halten können? Oder hätte ich dasselbe abgekriegt wie Peter? Und was hielt sie von der ganzen Bescherung? Lauter Dinge, die ich nie erfahren würde.

«Nein», sagte ich nach einer langen Pause. «Sie war nur eine flüchtige Bekanntschaft.»

Herbert E. Bates (1905–1974). Verfasser mehrerer Romane aus seinem Kriegserlebnis bei der Royal Air Force sowie stimmungsvoller Kurzgeschichten, die oft das Leben einfacher Menschen auf dem Lande widerspiegeln. – Der Titel unserer Erzählung ist der Beginn eines Gedichtes von Edmund Waller. – Die Erzählung ist dem Buch *The Daffodil Sky and Other Stories* entnommen (London, Michael Joseph Ltd., 1955), mit Genehmigung der Agentur Mohrbooks, Zürich.

Daphne Du Maurier (* 1907). Tochter eines Schauspielers. Autorin zahlreicher Romane mit romantisch-abenteuerlicher Handlung und differenzierter Charakterzeichnung *(Rebecca, Rule Britannia)*. – Unsere Erzählung ist dem Buch *The Rendezvous and Other Stories* entnommen (London, Victor Gollancz Ltd., 1980), mit Genehmigung und Vermittlung des Scherz Verlages AG, Bern.

Nicholas Monsarrat (1910–1979). Von Haus aus Jurist. Wurde zum Schriftsteller über sein Kriegserlebnis bei der Royal Navy. Bekanntester Titel: *The Cruel Sea.* – Der Titel unserer Erzählung ist der Beginn eines Gedichtes von Robert Browning. – Die Erzählung ist dem Buch *The Ship That Died of Shame and Other Stories* entnommen (London, William Sloane, 1959), mit Erlaubnis der Liepman AG, Zürich.

Angus Wilson (* 1913). Bibliothekar im Britischen Museum, ehe er Schriftsteller wurde. Berühmt wegen seiner satirischen

Gesellschaftsromane *(Anglo-Saxon Attitudes, Late Call)*. – Unsere Erzählung ist der Sammlung *A Bit Off the Map* entnommen (© 1957 Angus Wilson; London, Martin Secker & Warburg, 1957), mit Genehmigung von Curtis Brown Ltd., London.

Alexander Baron (* 1917). Beginnt seine Schriftstellerlaufbahn mit einem Kriegsroman. Nach weiteren Erzählwerken über zeitgenössische Themen Hinwendung zum historischen Roman. – Unsere Erzählung ist der Sammlung *The Human Kind* entnommen (London, Jonathan Cape, 1953), mit Genehmigung von Curtis Brown Ltd., London.

Doris Lessing (* 1919). Aufgewachsen in Rhodesien, heute in London lebend. Nach zahlreichen Erzählungen um die Rassenprobleme in Afrika (Kurzgeschichtenband *The Grass Is Singing*) Beschäftigung mit der Rolle der Frau in einer vom Mann bestimmten Gesellschaft (Roman *The Golden Notebook*). – Unsere Erzählung ist dem Buch *The Habit of Loving* entnommen (London, MacGibbon & Kee, 1957), mit Genehmigung von Curtis Brown Ltd., London.

John Wain (* 1925). Einer der «Zornigen jungen Männer» der 50er und 60er Jahre. Sozialkritische und humoristische Romane, in deren Mittelpunkt der sich über Konventionen hinwegsetzende Antiheld steht *(Hurry On Down, Strike the Father Dead)*. – Unsere Erzählung ist dem Buch *Death of the Hind Legs* entnommen (London, Macmillan, 1966), mit Genehmigung von Curtis Brown Ltd., London.

Stan Barstow (* 1928). Aufgewachsen im Industriegebiet des englischen Nordens. Beschreibt dortiges Arbeitermilieu mit realistischem Blick und einem feinen Gehör für Dialoge. – Unsere Erzählung ist dem Buch *A Season with Eros* entnommen (© 1964 by Stan Barstow, London, Michael Joseph Ltd., 1971), mit Genehmigung der Liepman AG, Zürich.

Märchen in der Reihe dtv zweisprachig

English Fairy Tales
Englische Märchen
dtv zweisprachig

englisch-deutsch
English Fairy Tailes / Englische Märchen
Illustriert
dtv 9008

Tales from the Highlands
Geschichten aus dem schottischen Hochland
dtv zweisprachig

englisch-deutsch
Tales from the Highlands / Geschichten aus dem schottischen Hochland
dtv 9202

Perrault
Le Chat Botté et les autres Contes de Fées
Der gestiefelte Kater und die anderen Märchen
dtv zweisprachig

französisch-deutsch
Le chat botté et les autres Contes de Fées / Der gestiefelte Kater u. die anderen Märchen
dtv 9196

Cuentos populares españoles
Spanische Volksmärchen
dtv zweisprachig

spanisch-deutsch
Cuentos populares españoles / Spanische Volksmärchen
dtv 9204

Fiabe Siciliane
Sizilianische Märchen
dtv zweisprachig

italienisch-deutsch
Fiabe Siciliane / Sizilianische Märchen
Illustriert
dtv 9036

Народные Русские Сказки
Russische Volksmärchen
dtv zweisprachig

russisch-deutsch
Russische Volksmärchen
Illustriert
dtv 9153

Das Buch

Man stelle sich vor: Die tüchtige bundesdeutsche Gesellschaft wird heimgesucht von Titania und Oberon, den erotischen Gottheiten aus Shakespeares ›Sommernachtstraum‹. Aber die Offenbarung verstehen die Spießer von heute als »Exhibitionismus«, und Titanias Werben um irdische Männer verläuft dementsprechend erfolglos. »Natürlich kreist auch dieser neue ›Sommernachtstraum‹ um Oberons Rache an Titania wegen der Affäre mit dem Mohrenknaben. Titania wird – die Mythen purzeln durcheinander – in jene kretische Sagenkönigin Pasiphae verzaubert, die in eine Kuh-Attrappe kroch, um sich ratzeputz von einem Stier begatten zu lassen«, schrieb der ›Spiegel‹. Aber: »Straußens ›Midsummer Night's Sex Comedy‹ ist auch ein Totentanz: Der Knochenmann geht darin um, in schwarzem Parka und Jeans, und hat zu seiner Rolle nur zu sagen: Tja. Alles halb so schlimm, wie?«

Der Autor

Botho Strauß, am 2. Dezember 1944 in Naumburg/Saale geboren, studierte Germanistik, Theatergeschichte und Soziologie in Köln und München, war von 1967 bis 1970 Redakteur und Kritiker der Zeitschrift ›Theater heute‹ und später dramaturgischer Mitarbeiter an der Schaubühne am Halleschen Ufer. Lebt in Berlin. Weitere Werke: ›Marlenes Schwester‹ (1975), ›Trilogie des Wiedersehens‹ (1976), ›Die Widmung‹ (1977), ›Groß und klein‹ (1978), ›Die Hypochonder‹, ›Bekannte Gesichter, gemischte Gefühle‹ (1979), ›Rumor‹ (1980), ›Paare, Passanten‹, ›Kalldewey. Farce‹ (1981), ›Der junge Mann‹ (1984).